未读 | 文艺家

不过没关系

佐野洋子 作品集

Sano yoko

でもいいの

UNREAD

〔日〕佐野洋子 著

清泉浅井 马文赫 译

海峡出版发行集团 | 海峡文艺出版社

目录

附录

口　红

儿时，妈妈一开始化妆，我就忍不住要凑到她身边去。

妈妈总是兴奋地坐在梳妆台前紧紧盯着镜子，我就黏在她身边不走。妈妈抿着嘴，把香粉轻快地扑在脸上。

妈妈看起来专心致志，因为专心致志，所以看都不看我一眼。

扑完香粉后，妈妈再次让嘴唇从口中露了出来。

然后将脸更加靠近镜子，缓慢地来回审视镜中的自己。

随后她拿出小圆刷，在装腮红的容器里一圈圈来回搅和，动作之敏捷，令我叹为观止。妈妈把脸颊涂成浅桃色，接着把眼睑也涂成了浅桃色。眼睑变成浅桃色后，妈妈看上去就像个哭泣过的温柔的人。

看到这里，我的心已经咚咚跳个不停，不由得屏住了呼吸。

要来啦！要来啦！

妈妈打开黑色的口红盖，做出“欸”的口形，用小拇指尖沾了些口红涂到上唇。然后再次抿住嘴唇，两片嘴唇微微相互摩擦，接着突然“嗯嘛”一声张开嘴，下嘴唇也变成了红色。

搞定啦！搞定啦！

接着她面对镜子满意地嘻嘻一笑。

妈妈嘻嘻一笑的时候，正是我心跳得最快的时候。此时，妈妈终于注意到了我，瞪着我说：“这孩子真烦人。一边儿待着去。”

偶尔妈妈也会向爸爸打小报告：“我化妆的时候，洋子总摆出这副样子看我。”

边说边模仿我当时的表情。我真是羞死了。

即便如此，妈妈化妆的时候，我还是忍不住凑过去。那时候，我觉得妈妈是世界上最美的人。我还认为只有漂亮的人才能化妆。

有时候，妈妈会穿上黑色天鹅绒旗袍，围上狐狸毛围巾，踩上黑色高跟鞋，晚上和爸爸一起出门。

穿那双高跟鞋的时候，妈妈总是抱怨穿上难走不想穿，爸爸就会不高兴地说：“就穿这双。”妈妈也只好不情不愿地把脚塞进纤细的高跟鞋里。

两个人都一副不高兴却很满足的样子。我就蹲在大门口，屏住呼吸，盯着妈妈把脚塞进高跟鞋里。

我既不知道爸妈要去哪儿，也完全没有因为要和年幼的哥哥以及中国女保姆留在家里而感到寂寞，就只是屏住呼吸，出神地盯着妈妈把脚塞进高跟鞋。

战争结束后，我们回到了爸爸的家乡。我仍然觉得妈妈是村子里最美的人。

全村只有妈妈化妆。妈妈一直带着她仅有的那支米歇尔口红。

我曾以为口红是永远不会变少的。香粉和腮红也许都没了吧。但只要看到妈妈在没铺地板的泥土房里，对着挂在柱子上的那面背面布满斑点的破烂小镜子，用小拇指尖涂上口红，"嗯嘛"一声张开嘴，随后嘻嘻一笑的样子，我就满足了。

即便身上穿着用被罩做成的条纹劳动服[①]，但只要"嗯嘛"一声张开嘴，妈妈就是最美的人。

然而，我隐隐意识到妈妈并非美女，再加上随着年龄渐长，我开始在意自己的美丑，我最终确信了，妈妈绝对不是美女。

美女的鼻子难道不该更加笔挺纤细，鼻头像丸子一样小

---

① 原文为"もんぺ"，指扎腿式劳动裤，第二次世界大战期间流行于日本。（本书注释若无特殊说明，均为译者注。）

小圆圆的吗？嘴唇的形状难道不该更小一些，轮廓也更清晰一些吗？

还有，脸不该那么圆吧？

脚也不该那么宽吧？

身材难道不应该瘦瘦高高的才对吗？

我从没觉得自己可爱过。小时候没觉得要怪谁，只是觉得自己不可爱而已。但现在，我慢慢意识到了，我不可爱都怪我是妈妈的孩子。

进入青春期后，我变得叛逆，开始讨厌有关妈妈的一切。

高中毕业来东京时，妈妈让我打扮得女人一点，至少涂个口红。我完全把她的话当耳旁风。

妈妈对此也只好说："好吧，反正洋子年轻嘛。不打扮也好看。"

我一听就生气了。不好看的话，年轻也没用。我还嘲笑依旧化着妆的妈妈："就算涂涂抹抹地装模作样也改变不了。"

我生完孩子后，每天从早到晚手忙脚乱。

妈妈成了外婆。

抱着外孙的妈妈依然化着妆。

此时，我再次意识到妈妈是四个孩子的母亲。

还曾是五个孩子的母亲。

当五个孩子围着一起吃早饭的时候，妈妈已经化好了妆。

坐在妈妈对面的是爸爸。爸爸还抱怨过酱菜有股面霜的味道。

但是，妈妈还是没有放弃化妆。

何止是没放弃啊，一到爸爸下班回来的傍晚时分，妈妈就慌里慌张地从屋里跑出来，弯着腰往镜子跟前挪，一边不停地涂口红，一边嘻嘻地笑。

爸爸在我十九岁的时候去世了。

爸爸死后，妈妈也没放弃化妆。

我依旧素面朝天，偶尔回一趟娘家，也一定会和妹妹一起嘲笑妈妈梳妆台上数量惊人的化妆品。

不管我们怎么嘲笑，妈妈都不为所动。

妈妈早已年过六旬。

她在爸爸下班归来时涂口红，的确是为了爸爸吧。每天外出的时候，她认真地扑粉，大概是为了许许多多素不相识的人吧。

玄关处来客人时，妈妈立即往镜子前跑，应该是为了客人吧。但是，当我还小的时候，妈妈在上午明亮寂静的日式客厅里，专心致志地往眼睑上涂上腮红，嘻嘻一笑，究竟是为了谁呢？爸爸都已经去公司了。

妈妈化妆一定不是因为有某个具体的目的。

化妆是妈妈为了成为她自己而不可欠缺的事。

对妈妈来说，美也好，看起来像鹅一样滑稽也罢，不化妆的话，妈妈就不是她自己了。

到我这儿来时，妈妈偶尔会不带伴手礼，却从没忘记过化妆。

一天早晨，我和妈妈一边准备早餐，一边争论了起来。妈妈用围裙擤了擤鼻子，擦擦眼泪说：“算了，我回去了。”然后就慌里慌张地跑进了隔壁房间。

我确实也感觉闹得有点尴尬，开始在意起隔壁房间来。于是我叫来儿子：“去看看你外婆。”

儿子回来后，我问：“外婆在干吗呢？”

“化妆呢。”

丸善的吉野先生

中野站前商店林立的街巷深处，有家旧书店。偌大的书店，书却乱七八糟地堆了一地，顾客必须得抬起脚才能在店内行走。店主就坐在店的最里面。我并非对某些特别的书感兴趣，不过是在设法寻找便宜的书。书架前也堆积了许多书，书架上的书都被挡得看不见了，堆在最底下的书，也看不清书脊，无法辨别究竟是些什么书。我从能看见的书里，随意买了两三本回去。

当我想要最高架子上的图鉴时，就指着图鉴说："大叔，我要那本书。"

大叔使劲儿把眼镜一挪，狠狠地盯着书架说："那么高的书，拿不了。太麻烦了。"

如果不把书架下面的书全部挪开，连放梯凳的地方都没有。

当时我心想：真是家奇怪的书店。

某天看报纸时，发现报纸上写着《芬妮希尔》这本书被禁止发行了。我倒也不是特别好色，却无论如何都想读上一读，就乘巴士去了中野的旧书店。我气势十足地对大叔说："大叔，有河出书房'人间文学'系列的《芬妮希尔》吗？"

大叔生气地瞪大眼睛冲我怒吼道："如果卖了那种东西，我可要有大麻烦了。年轻女孩子别想着读那种东西。"

面对气得直瞪眼的大叔，我呆若木鸡。

"河出书房那本，才翻译了原书的三分之一。那种东西读了也没意思。唉，你说，三分之一能看懂什么？最开始翻译那个的是个镰仓的医生，还是战前的事呢。不过没成书。河出书房的那玩意儿读了也没意思。要是无论如何都想读，就去羽田机场的书店。那里有卖原版书的。也不是多难的英语，你能读得懂。黄色的封面，在书店里面的架子上。"

我已经不记得自己是怎么出的书店了。当然，我没去羽田机场。但我后来还是买到了《芬妮希尔》。我一边读，一边琢磨着后面的三分之二到底写了什么，这让我非常心烦。

后来搬了家，我就再没去过那位大叔的旧书店。

过了好多年，我听说大叔去世了。我以前并不知道，他似乎还是个有名的大叔来着。

我第一个工作的地点，就在丸善前面。午休时，我经常在丸善打发时间。西洋进口的美术书，以我的月薪是买不起的，看看就够了。

其中有一本很大的书，像展品目录一样，收录了满满一本老式铜版画插图。我无论如何都想要。但它的价格大概是我月薪的两倍。

我拿着它去柜台问：“可以让我按月分期付款吗？”

“我们不支持这种方式。”售货员说。

我对那位售货员说：“请让我见职位更高的人。”

售货员走进了里面的门内。我已经放弃了，心想肯定没戏，而且感觉自己脸皮真厚。

门内出来了一个小个头的中年人。

那人看着我说：“请到里面来吧。”就这样把我请进了门内。

“我们不支持分期付款。”那人说。然后他问我是做什么的。我说自己在商场画画。然后他又问我每个月能付多少钱。“一千日元。”我回答。“店里虽然不支持分期付款，但我个人可以帮你垫付。”他给了我他的名片，上面写着“吉野”。我就这样得到了那本大书。

走出房间时，那人对我说：“请多多学习，成为了不起的人吧。”我当时并不懂怎样才叫了不起，只觉得如果无法变得了不起就对不起吉野先生，但转念又想，即便没能变得了不起，大概也不会被他发现吧。

每个月发薪水的日子，我都会拿着一千日元去找吉野先生见上一面。

最后一次拿着一千日元去时，吉野先生说："你真的很努力呢。"

换工作后，我不再常去丸善，但每年都会去买几次书。每次去丸善，我都心怀敬意。吉野先生还在吗？是否已经退休了？

新绘本出版时，我在丸善办过一次签名会。在接待室里，和丸善的负责人聊了几句。"您知道吉野先生这个人吗？以前，他曾帮忙让我分期付款买过书。""大概几年前的事？"

我算了下年数，已经过去二十年了。

"我来帮您查一下吧。"

与当时的吉野先生差不多年龄的丸善的负责人，极其认真地听我说了这件事。

过了一周左右，我收到一封信。

七年前，吉野先生就去世了。

对我而言，丸善曾经就是吉野先生。

和银座相称的男人

高我一年级的前辈，毕业时把打工的名额让给了我。公司位于浅草桥车站前，制造兼贩卖烟嘴和打火机，据说在业界是数一数二的老字号。

这家业界数一数二的老字号，开在一座老旧的日式房屋里，我就在二楼榻榻米房间延伸出来的走廊上工作。那家的儿子，偶尔会在榻榻米房间里支起蚊帐睡觉。

听说老字号的主人曾拜托前辈毕业后继续在店里工作。

“可是，浅草桥可不行。”

前辈穿着漂亮的蓝色条纹衬衫说。

“哪里才行？”

“当然是银座了。”

他成了日本最大的广告公司的职员。比起在浅草桥的打火机店里，做些登在业内报纸上的上不了台面的小广告，肯定还是大企业大广告的工作更有趣。

如果日本第一的广告公司位于浅草桥车站前黑压压耸立

的大厦，他肯定会在那里工作吧。

偶然在银座遇见过他，他穿着当时流行的修身西服套装，看上去很不适合在浅草桥的榻榻米旁工作。

那种男人会娶怎样的女人当老婆呢？他帅气，装腔作势，趣味良好，一定会娶像时尚模特一样的女人吧。

然而，这样的他，婚姻竟然近乎私奔。

对方是气度大方的大姐头式的人，个性直爽，心直口快，而且似乎比他年长不少。四国人，穿与时尚毫无关系的实用衣服。

“我们家宿六啊，就爱装酷。”

身穿裁剪精良的西装，在银座大道大步流星的他，在家中却穿着绉布短衬裤，喝着啤酒，大声喊：“喂，烟灰缸。”身后的书架上，整齐地排列着西田几多郎全集和小林秀雄的作品，播放的是巴赫的音乐。

“谁叫我老婆是高知县中村的乡下人呢，简直是乡下人的典型啊。”

大姐头性格的老婆哈哈地高声朗笑起来。

“可是啊，我超级爱她，乡下人相当不错哦。”

“傻乎乎的。”他老婆不着痕迹地把话题搪塞了过去，“这人说自己要吃培根，可我不知道培根要怎么吃啊，真是伤脑筋。”

很快，他们的女儿出生了，把父亲叫“父亲大人”，把大姐头母亲叫“母亲大人”，总是黏着父母。

“母亲大人啊。”我咯咯咯地捧腹大笑。“习惯了。”大姐头笑着说。

大概是他的成长背景自然而然造就的吧。学生时代，我曾到他老家玩儿。那是一座在宽敞的宅基地上建造的西洋建筑，大得吓人，而且相当昏暗。我还喝过他那位满头白发的父亲亲手冲的咖啡。

不知不觉间，他女儿就成了少女，而且还长成了美少女。

虽然具体职位不知道，但听说他在日本第一的广告公司步步高升。

平步青云的他却干脆地放弃了日本第一广告公司的工作。

“在这家公司，要想更上一层楼，就必须去地方上任职一次，滨松唉，滨松可不行。”

“但要是为了升职的话，也没办法啊。”

“滨松可不行。”

我对他老婆说：“真可惜啊。”

“谁叫我们家父亲大人是银座人呢。”她一如既往地哈哈大笑着说。

他把工作换到了银座正中心的另一家广告公司。

美少女则穿上了著名女子高中的制服。

“真是傻乎乎的。父亲大人说喜欢那里的制服。”他老婆说。

他们的婚姻生活也进入了中盘战①。

“我真想一脚把我们家宿六踹飞，赶出家门啊。”

大姐头也人到中年了。

“可是啊，他虽然爱装酷，却真的懂得每个人都是寂寞的。如果他不是这样的人，我也不可能跟他过下去。”

把夫妇两人联结起来的，不是一起听巴赫，也不是一起

就小林秀雄展开讨论。

总是哈哈大笑的老婆，还负起了和邻里诚恳交流的任务。

时隔好久，我在银座走着，忽然对面过来一个看起来只会在银座出现的时髦中年男子。竟然就是他。

“哎哟哟，你老了呢，怎么会在这种地方？”

“来看牙医。”

“假牙吗？去喝杯咖啡吧。”

坐在POLA的咖啡屋里，面对刚离婚的我，他一句没提我离婚的事。

---

① 围棋术语。围棋战局分三阶段：布局、中盘、收官。

“你越来越像你爸爸了呢。”

“我自己也会搞错唉。他可是个漂亮的老爷爷啊。”

“你还真是任何时候都能一本正经地装模作样呢！”

“男人就得追随丹蒂主义[①]，装模作样。顺便一提，我在学捏陶瓷器。”

“穿着藏蓝色的工作服吗？”

“你也知道啊。要不要也捏个试试？”

“不捏。”“我老婆也捏。她力气大，毕竟是乡下人嘛，这次我们要做个个展，我和我老婆两个人。”“两个人也叫个展吗？”彩色照片做成的明信片上，印着两个并排放置的白底上藏蓝彩的大碗公。

“怎么说呢，圆满得有点羞人了。”

“我们可是美好的夫妇哦。”

“真没劲。”

“没劲吗？”

“来我家玩儿吧，不来看看完全没有女人样的女人建的家吗？”

“但是要过多摩川吧？过了河哪儿还是人住的地方啊？”

他身穿浅驼色上衣，在明亮的银座大道上渐行渐远。

---

① 丹蒂主义（Dandyism）：19世纪初，起源于英国贵族男子中的一种生活方式。他们崇尚考究的服饰、彬彬有礼的言行、有雅兴的活动等。

我不喜欢看人的背影，却总忍不住看。因为没有哪个背影不让人感到孤独。我老了，他也老了。

新宿和涩谷到处都是年轻人，我觉得十分局促。

他真的成了和银座相称的人。相比二十年前，现在的他和银座更相称。

也许从说着“浅草桥可不行”的那时起，他就已经懂得了人生的虚妄。既然虚妄，何不享受虚妄？他大概是这么想的吧。

男人的出人头地，也不过就这么回事。也许是为了表达这个，他才那么拘泥于银座的吧。在人类的寂寞这点上，他老婆能与他共情。和如此拥有丰富内涵的老婆生活，大概是他唯一觉得踏实可靠的东西吧。他们正是凭借这些，才得以一路同行。

因为我就是死脑筋

叶子胃不舒服去看医生。医生拍完X光后，要她躺在X光照射台上，把衣服全脱光。

因为是医生说的话，叶子就老老实实地脱光了。

“你说，检查胃是从下方来的吗？已经第三次了。”

“那是猥亵行为吧。”

“你这么觉得？因为我妹妹一直说奇怪，我才意识到。”

“你不觉得奇怪吗？”

“我认定了医生不可能做那种事啊。因为我就是一根筋啊。”

我一想到死脑筋的叶子一脸认真、直愣愣地躺在那儿，就觉得好笑，忍不住咯咯咯地捧腹大笑起来。

“为什么我那么死脑筋啊？”但我觉得叶子目不斜视地拼尽全力的样子非常棒。

“你这么自由，多好啊。”可我觉得自己就只是普通而已。天生死脑筋的叶子是私立女子高中的国语老师。

“学校规定不能穿无袖衬衣去学校。”“老师也不可以吗？”“是啊。还得在校门口检查学生的指甲。看她们是不是做了美甲，或者留了长指甲。学生也觉得我是个不会变通的老师。老古板，无趣得很。”

叶子三十岁才有了唯一的儿子，从此一门心思扑在了儿子身上。当时，味之素[①]用“从眼睛直达鼻子”这句文案来宣传谷氨酸能让头脑变聪明，广告刚出来，叶子就往婴儿辅食里倒了大量的味之素。

“你看阿亮的眼神，都快把人看化了。”

我是否也有着相同的眼神呢？

阿亮和我儿子从出生三个月开始就在同一个托儿所，后来上了同一所初中。

叶子和我在这段时间里都经历了离婚。孩子们上初中后就开始乱闹腾了。

阿亮的闹法相当夸张。

“说是我那种老古板的价值观太拘束了。让人透不过气来。”“谁说的？”“儿童咨询所的顾问。我自己也这么认为。”如果我去咨询，肯定会被说没有自信，要我明确地表达自己的价值观吧。如果被那么说也无可非议，因为的确如此。

---

① 日本的一种调味品名，类似味精。

“离婚那会儿，我完全混乱了，每天都没法直接回家。我就把阿亮完全丢给了他外婆。他们说这就是原因，因为孩子需要我，说我真是太对不起孩子了。”

那也没办法啊。难道要让我们对人生中如此重大的事件毫无反应吗？都十多年前的事了，怎么才能挽回呢？难道我们是因为喜欢离婚才离婚的吗？

“我真是不知道该怎么办了。说是不能抱着对孩子感到抱歉的想法。得表现得坦坦荡荡。我实在没办法坦坦荡荡。阿亮肯定很恨我吧？”

真的是这样吗？

“就最近，有一次他心情非常好，跟我说他这辈子只会哭三次。一次是我死的时候。一次是阿弦死的时候。因为那是他一生的挚友。再有一次是他自己的孩子出生的时候。”

当听到“自己的孩子出生”时，我的眼泪夺眶而出。

“他这不是没在恨你吗？人生最重要的事情，阿亮这不是全都懂吗？”十四岁少年的深刻认知，令我刮目相看。

“话虽如此，却没消停呢。还是老样子。最近伯父问我有没有男人。说自己当年叛逆的时候，他母亲有男人。还说男孩子绝对无法原谅这种事。”“你有吗？”“没有啊。哪有那种闲工夫啊。不过仔细一想，我不是请了山本老师教阿亮数学嘛。他是我学校同事，看着阿亮从小长大的，每次上完课我们都会一起去吃个饭。伯父说，这就算是。我也仔细想了想，内心最深处可能也有那种想法吧。我能想到的也就是这个了。”“如果这么深究内心最深处的想法，那对路上擦肩而过的人或者艺人不都有可能有那种想法吗？”“也许是吧，但是我和男人的来往，能想到的也就是这个了。所以，我就考虑是不是让山本老师别来了。”“但是阿亮和老师能聊很多事，而且他也需要成年男性在身边吧。我不认为阿亮会觉得老师和你有什么暧昧。”“我也是这么觉得的，可伯父说他到现在都没原谅他母亲。”“精神洁癖没必要极端到那种地步吧？”“是吗？”“我最近在儿子面前做了次演讲。我说人最重要的事就是爱，你爸爸能找到新的妻子，我真的很为他高兴。有所爱之人才是最重要的。所以如果我什么时候也有了心爱的人，可不会顾虑你的感受哦。”“然后呢？”“他说知道了。然后这孩子居然跑进我房间问我‘某某怎么样啊’，他给我物色起候补人选来了。”“哎呀。这样啊。”“但是真到了那时候，还不知道他会怎么想呢。”“我的视线完全离不开儿子。只要阿亮在家里，我就开心得不行。我真的会变得跟拉车的马一样呢。如果有了男人，我肯定连打扮都顾不上，好可怕。现在可没这闲工夫。”

叶子偶尔会打电话给我，我们总会聊些孩子的话题。

“生了孩子，对我来说真是太好了。阿亮要是个乖孩子，我一定不可能有现在的改变。前不久有学生对我说：‘老师，你变得好说话了。’多亏了阿亮，我才学会了站在学生的立场思考问题。虽然很辛苦，但我对此心怀感激。可是，我感觉就像在漆黑一片的隧道里一样。我已经在这隧道里待了五年了。”“快熬过去了。以后全都会变成笑谈的。”“真希望快点熬过去啊。”

我们花了好几年才说服自己相信：长大成人的方式有很多种。也逐渐明白接受教育与成长是两回事。

“我今天被家庭审判所喊去了。他们说阿亮跟其他孩子是完全不同的类型，不处罚了。”“怎么回事？”“据说那孩子说：‘我终于明白自己长久以来一直是在妈妈的过度保护下长大的。妈妈的世界里只有我和工作。我不希望妈妈的人生价值只有我和工作。我希望她能过自己的人生。’所以，他们说只要阿亮和我的关系理顺了，他自然就消停了，没什么好担心的。还说阿亮已经是个很棒的大孩子了呢。”“这不是很好吗？”“最近总算平静下来了。可是我居然有种被孩子抛弃了的感觉。不知怎的有点寂寞。”“真是瞎操心，我是说山本老师的事。”“就是啊。当时我真的那么觉得呢。我真是死脑筋啊。真得找些人生价值了。”

不记得了

我的第一份工作是在商场的宣传部，工作内容是给海报画插图。我不是通过考试被录用的，所以我当时以为是自己的才华被那里的设计总监相中才进去的。当时的我最不缺的就是年轻时的自恋。

有个威风凛凛的日本大学学生经常去那个宣传部。

他的眼睛炯炯有神，卷曲的头发剪得短短的，据说当时就已经是个传说中的人物了。

包括模特在内的摄影团队，人数并不算少。他在现场常常会因为“没有情绪”而不按快门。

无论他做了些什么，他照片里的力量感是不容置疑的。这令刚出校门的我心服口服。我觉得那时我才知晓何为才华以及人的力量。

圣诞节和中元节的B版整版的海报制作是我们最重要的工作。

工作人员集结力量共同制作以他的照片为主要素材的

海报。

然后，我也以“随便做做看吧”的心态，用廉价油画颜料厚厚地涂满海报，画了幅同主题的插画。

模特、巴士、小道具和摄像机，我都不需要。只要画具在手，就能在房间的角落里画出无数张。很显然，我就是被派来衬托他的。我的海报与他的照片并排放置，仿佛就是为了证明他的照片是多么具有艺术性。我甚至都没有心怀偏见，只是接受了事实。

除了尽力做自己能做的事之外，我别无他法，于是我又拿廉价油画颜料涂了好几幅画。瞎涂瞎抹的同时，我对自己的画被印刷出来的可能性完全不抱希望。也许他当时正被商场提出的所谓世俗要求折磨着吧。当时全体工作人员都和公司处于敌对状态。

我正在宣传部的角落里用颜料乱涂时，他来到我身边说：“佐野啊，你画得挺好的嘛，阿鹤，就这个不挺好吗？”我满脸通红，开始扭扭捏捏起来，简直想跳进刚用颜料画成的火红的蜡烛里。认为自己是被主管相中才华而物色来的那种自恋，已经丝毫不剩了。

我越是拼命画，那种通俗意义上一目了然的魄力就越被激发了出来。那是我当时的极限了。

我在桌子上把B版整版的告示板立起来，像青蛙一样蹲在桌子上往上面涂抹着颜料。

我在最后做好的策划方案里没见到他的海报。

最终的结果是，我那用廉价油画颜料画的画被印刷了出来。

公司以“太难懂了”为由拒绝了他的照片，工作人员因此对公司绝望了。

我也同样绝望了。出于公司的原因，他的能力没能得见天日，我对此感到非常遗憾。

我入职刚满一年时，商场被大资本系统兼并了。

宣传部被解散了，大家各奔东西。

自那之后，我没再见过他。

虽然没见面，但他的照片却像巨大的大炮一样发射了出来。

每当他的作品被曝光，我的感受不是“我果然没看错”，而是暗暗觉得“他的真正实力还远在此之上呢，等着瞧吧”。以及，从他的照片中感觉到难言的熟悉感。

转眼间，他已经被世人称为大师。明明还非常年轻呢。

差不多过了十五年。

我在聚集着的人群中看到了他。

他好像冲我笑了笑。

可能因为年纪大了，变得厚脸皮了，我走到他身边说："好久不见。"

他一脸疑惑。

"真是的，我们不是一起在某某屋工作过吗？"

"欸？是吗？"

"阿鹤、阿龟认识吗？""认识认识。""那阿寺呢？""认识认识。"

我把所有同事的名字都说了一遍。"认识认识。""那个，我就是在那儿画插画的。""欸？那里有女生吗？"

"有啊！""抱歉抱歉，我想不起来了。""还记得在二羽家的年终联欢会吗？"

"啊，阿龟喝得大醉那次！"

"午休的时候，我们不是还一起玩儿过骰子吗？""玩儿过、玩儿过。"

虽然已经成为大师，但他并没有变得妄自尊大。他不住地打量着我，疑惑地想："那会儿有这么个人吗？"

"抱歉啊。"他拍拍我的肩膀。

自那之后又过了五年，我再次见到他。

"你好。"我说。

他还是一副感到疑惑的样子。

“咦？我们在哪儿见过吗？”

我忍不住笑了起来。

他也跟着笑了起来。

“应该在哪儿见过吧。”

我笑着从他身边走开了。

二十年的岁月转瞬即逝。

在我那蹲在宣传部的角落里涂抹廉价颜料的货真价实的青春旁边，曾有这样一位巨大的明星擦身而过。

我对儿子说：“我认识筱山纪信哦。”

“欸？真的吗？什么时候认识的？”

“很——久以前。”

别提年纪

我正坐在公司的桌子前工作，身后有人戳我背，我一回头，发现是大学时代的朋友。在朋友身边，还有一个不认识的人“微笑”着。

我从未用“微笑”形容过任何女人的笑容。

“有时间喝茶吗？”朋友轻快地对我说，我就迷迷糊糊地跟她们去咖啡馆喝了茶。

我从没见过这么漂亮的人。我毫不掩饰地沉默着打量她。

她就像一朵又白又大、柔韧弯曲的花。我突然发现自己从未拿花比喻过任何人，无论对方多么漂亮。我觉得米洛斯的维纳斯什么的根本没什么格调。任何女演员跟她一比，也都显得过于浓艳粗俗。

“为什么你这种人会和这样的人是朋友呢？”我对朋友并没有恶意，只是忍不住想问。

“讨厌。”那位美人笑了。

"你肯定觉得不甘心得要死吧？"

"完全没有这种想法。"看见美好事物时的幸福感、满足感在我体内蔓延。

走出咖啡馆时，她手里拿着抽完的烟。只见她靠着电线杆，抬起一只脚，用高跟鞋的鞋底踩灭了烟头。

我屏住了呼吸。

原来这就是所谓的美丽啊。

我每次和朋友见面，都忍不住打听她的事儿。

"那个人该不会是哪里的公主吧？"

"不是。她是车站前书店老板的女儿。"

"怎么就那么有格调呢？""她完全不觉得自己是个美女哦。告诉你一件有趣的事吧。她非常喜欢你，说想成为像你一样的人呢。""包括脸吗？""就是脸啊，她说觉得很可爱。"我简直瞠目结舌。

"这双金鱼眼，还有痘痘，还有蒜头鼻也喜欢？"

"她是真的会那么想的人。""已经那么美了，性格还很好！""像她这样温柔得跟神明一样的人，很少见啊。这就是所谓的格调吧。"

她曾经做过杂志记者，据说连绝对不接受采访的歌舞伎演员，都会从门帘后探出头来等着她来采访。

“小怜要结婚了。”朋友说。

“和谁？”“武田家的阿润。”“不会吧，和那种长得像咯咯咯的鬼太郎一样的粗俗男人？”“真的。这之前她还一个男朋友都没交过呢。你懂的，一般的男人会因为自惭形秽而不敢接近她。就因为这样，追到她比追到我还容易。阿润只是买了张定期车票，每天去给阿怜送一枝玫瑰花而已哦。”

“嗯。可是你觉得这样可以吗？怎么能让她扫地洗衣服啊。”“是啊，她就适合在大宅子的榻榻米房间里，被一堆女用人簇拥着读《源氏物语》啊。却选择了咯咯咯的阿润。”阿润是电器制造公司的上班族。

之后，我在街上的咖啡馆和朋友、阿怜见过一次。

阿怜穿了一件皮草长外套。店里所有人的注意力全被她吸引了过去。她先一步踏出店门走了。

“我要去和阿润约会了。”

她那身穿皮草的背影完全没有生活气息。

“你猜她在来这儿之前在家干吗？侧躺在被炉里读《大镜》来着。那件皮草腰以下部分整个皱巴巴的，她就坐在上面，丝袜一条挂在橱柜上耷拉着垂下来，另一条扔在被炉里面。但是她只要穿上丝袜、披上皮草走到街上，就能让所有人都为之迷醉。连走在前面的人都会回头看她，肯定是在看到脸之前，她散发出的美人气息就让男人忍不住想转头看了。”

“阿润让阿怜做饭，还吃得心安理得？”

“一脸理所当然地吃着呢。”“真讨厌啊。”“不过阿怜完全被阿润迷住了。说什么‘阿润的眼神是永恒的’。她真这么说来着。”“哼。”

我最后一次在冬天的新宿看到阿怜穿皮草的背影，已经是二十年前的事了。

“有个难得一见的人要来哦。”

我正在朋友寒冷的工作室里冻得哆哆嗦嗦。门开了，进来一个大块头女人。

“好久不见。”大块头女人看着我笑道。

“阿怜。”我一时不知道接下来还能说些什么。

因为不知道该说什么，赶紧吧嗒吧嗒地敲着地板找起烟来了。

“茶、茶。泡点茶吧。”我对朋友说。“我来泡。”阿怜说着站到了水池边上。

大块头女人以大屁股对着我们打开了瓦斯的火。阿怜背对着我说：“你一点儿都没变。”

这无视二十年岁月流逝的寻常问候，令我有些烦躁。

虽然也为姿色烦恼过，但这些年也实在没什么心思在意这种事。二十年前，我还会一边对着镜子斜眼打量自己，一边想着要是能把鼻子捏高点儿就好了，要是皮肤能再白皙光滑点儿就好了。但现在，我已经有胆正视自己满脸皱纹的脸了。

我把茶碗放在地板上，望着阿怜。

“不愧是你，从美女变成了美丽的大妈啊。”

阿怜听罢使劲晃了晃留着娃娃头的脑袋说：“别提年纪。我才没有上年纪，我还当自己是十八岁呢。”

不是十八岁，你现在是个四十八岁的漂亮阿姨哦。

“铃木医院”的铃木医生

距离我家步行五六分钟的地方，在住宅区的尽头，建起了一座涂着粉色与茶色相间油漆的新房子。那是一家医院，挂着写有“铃木医院”字样的招牌。

从前就一直住在这一带的人们，都是看着铃木医院的医生从小长大的。

“还是小鬼头的时候，流着个鼻涕，整天傻乎乎的。”

“他家还是双胞胎呢，两个人都流着鼻涕，长得一模一样，根本分不出谁是谁。”

连铃木医生毕业的私立医学大学的排名都被大家评价：“毕竟是铃木医生毕业的学校，肯定是了不得的学校啦。”我每天上学都要从铃木医院门前经过，但那里一直静悄悄的，从没见过有人进出那扇挂着招牌的大门。

也没看见过医生的身影。

但是，铃木医生是看着我父亲去世的。

父亲越来越瘦，去了很多家医院都查不出是什么原因，最后去东京大学医学部附属医院住院，因为怀疑患了癌症，连开腹检查都做了。但切开肚子后没发现癌细胞，又把肚子缝了回去。

每天查一次病房的教授，架子大得像天皇一样，身后紧跟着一大群穿着白大褂的年轻医生，一分钟都没在病床边停留。

手术前一天，父亲邀请母亲去了三四郎池。母亲与还是学生的父亲曾在那里散步，如今已是两人结婚的第十七年，父亲再次邀请她故地重游。母亲明白，父亲已经做好了即便做了手术也好不起来了的心理准备。手术最终只是让父亲变得更加衰弱了。

回到家后，父亲穿着木屐，摇摇晃晃地到铃木医生那儿去了。我去取药的时候，第一次见到了铃木医生。那时医生还很年轻，个子不高，长得白白胖胖的。

医院里一个患者都没有。药是医生亲自装进袋子里的。

“记得对你父亲说，这是维生素啊。”

母亲看到装药的袋子叹了口气，但没有阻拦穿着木屐摇摇晃晃出门的父亲。

“真是个相当诚实的医生啊。抱着胳膊一个劲儿地说：‘不明白、不明白。’”

被大学医院抛弃的病人摇摇晃晃地走来了，铃木医生肯定相当困扰吧。父亲比医生年长许多，有种令任何人都心生敬畏的气场。

“真是个奇怪的医生啊。拿着本《内科全书》过来，问我：‘我觉得可能是这个病，佐野老师，您怎么认为呢？’”

铃木医生找到的是“进行性肌萎缩”这个病名。

身体的末端开始麻木，舌头失去知觉。张开手就无法收回，父亲用另一只手把它折了回去。我们一动不动地看着这一切。

自那之后，医生开始来我家出诊。

“这药是烈性药，能治疗麻痹症状，但会失去食欲。怎么样？可以吗？”

父亲同意了。医生带来的是名叫金鸡纳霜的药。

父亲规规矩矩地吃了医生开的药。

医生从进我家大门开始，就一副用尽全力的样子。“哈，哈”地喘着粗气进了门。

父亲张开枯瘦的肋骨，医生红通通的脸凑过去，把听诊器贴在了父亲的肋骨上。我从没见过像他这样把脸靠得离胸口这么近用听诊器的医生。父亲摇摇晃晃地起身，一边东倒西歪地往起居室走，一边说：“要不要吃了饭再走？”

医生毕恭毕敬地坐进被炉里，父亲非常高兴。

虽然高兴，却依然没有食欲。

“医生一般都想当外科医生。我本来也想当外科医生。可是做手术的时候，眼镜会起雾。教授看到我缝线的样子之后对我说：‘铃木君，你还是放弃外科吧。’”

医生用那双圆溜溜的手拼尽全力缝线的场景跃然眼前。之后的两年时间里，铃木医生每周来我家出诊两次，每次都“哈，哈”地喘着粗气进门。而每次都只是打葡萄糖而已。

父亲不管对谁都非常毒舌，唯独对铃木医生恭敬地使用敬语。他见我满脸长顽固的小疙瘩，就对我说：“去医生那儿拿点儿药。”

空荡荡、明亮亮的诊疗室里，医生给了我一些白色的外涂药。我在大门处系鞋带的时候，他蹲在我身边对我说：“你可真是个奇怪的孩子啊。”

我的小疙瘩一点儿都没好。

“他就是个庸医，我不去他那儿拿药了。”我对父亲说。

父亲只是笑了笑。

后来，父亲变得几乎无法起身，开始陷入昏睡状态。弟弟骑着自行车去叫医生。医生把出诊皮包夹在弟弟的背和自己的肚子之间，手臂环住弟弟的腰部，坐在他自行车的后座赶来了。自行车停住之前，他抓起皮包跳了下来。

“请召集一下亲戚们吧。”医生对母亲说完，就坐在了父亲身边。他没回医院，就那样坐着。

狭窄的起居室里挤满了家里的亲戚们，医生就坐在当中，一动不动、毕恭毕敬，时而喝口茶，一言不发。

父亲发出笛子般的声音，然后咽下了最后一口气去世了。

当时是除夕的深夜，到父亲去世时已经是元旦了。

一直用右手握着父亲手臂的医生说："三点十三分。"然后左手取下眼镜，左手臂遮住眼睛，哭了起来。

父亲已经去世二十五年了。

父亲去世前有幸遇到了一位举世无双的好医生。

雾岛高原艺术山庄

“我住在带温泉、工作室、画室的别墅里。眼前就是樱岛。从这里走到距离最近的邮筒需要四十分钟，到有电话的地方要两个小时。这两个月我谁都没见。在这儿也没地方花钱。已经在这儿待了两年，我的钱包都被一万日元塞满了。你要来玩儿吗？”

我收到了阿洋寄来的信。阿洋是石版画工匠，在一家做绘本的小出版社工作。

石版画工匠阿洋为什么会到鹿儿岛的山里去，我不得而知。

我回复他：“你在那儿干什么？”

“什么也没干。这里叫‘艺术山庄’，是房产公司做的一个项目，让艺术家在美妙的大自然中尽情作画，我再把它们都做成石版画，交给画商来卖，然后大赚一笔。一开始，看管别墅的夫妇带着孩子一起住了进来，过了三个月，他们连夜逃走了。因为夫人在这儿实在太寂寞了，患上了神经衰弱。于是只剩我一个人了。艺术家嘛，就一年前来了一个，待了一个星期。因为实在太寂寞了，他每天晚上天一黑就到鹿儿岛去喝酒，连一张画都没画出来。他本来打算在这儿待三个月的。我每天唯一能做的事情就是步行十来分钟去看夕阳。你要来玩儿吗？”

我去了。从羽田机场坐一个小时飞机，落地后我对出租车司机一说“去雾岛高原艺术山庄”，司机就告诉我：“这位客人，持有艺术山庄的房产公司一周前破产了。他们开发了那一整座山，却一点儿没卖出去。那山里有您什么人吗？”

出租车在开发得相当气派的山中行驶了一个小时，我看到了一座孤零零地在山顶上矗立着的大别墅，看上去十分威风。

阿洋简直是连滚带爬地出来，然后哈哈大笑着说：“社长跑路了。”

巨大的玻璃窗面向鹿儿岛湾敞开，樱岛就在那正中间冒着烟若隐若现。在铺着用料奢侈的桧木地板的大厅里，摆放着成套的高档黑皮革家具，阿洋盘着腿对我说：“洋子，你是第二位，到第二位就泡汤了。我还担心地问了社长好几次。他就靠在那个椅子里摆出一副傲慢的样子，豪放地笑着对我说：‘哈哈哈，没事的，没事的。’我还是第一次见人笑得这么豪放，就放心了。他跑路前告诉我，薪水是没办法给我了，不过我可以一直待在这里。”

别墅里有个一次都没用过的画室，天花板相当宽阔。还有一个将近四叠半榻榻米[①]大小的桧木浴池，热水全天循环流动。跟着我一块儿去的儿子，干脆在浴池里游起泳来了。

开发的别墅几乎没卖出去，所以山里只有阿洋住的别墅亮着灯，远处是鹿儿岛城镇里的灯光。看着远处人家夜光虫般的灯火，更让人觉得山庄格外寂静。

“在习惯这里之前，我也觉得害怕，睡觉时要把家里所有的灯都打开，结果电费花了三万日元。即便如此，我还是很害怕。结果就听到远处有汽车的声音，还能听到那个声音越来越大，最后停在大门口，随后是‘嘭’的一声关门声，听到这个声音我就觉得是不是有谁来了，赶紧连滚带爬地跑去开门，结果连个人影都没有。因为我老是期待着来个人吧，来个人吧，就出现了幻听。当时真的觉得自己快不行了。但不知不觉就习惯了。”

“两年……”

“两年可真长啊。”

“之后你打算怎么办？”

“回东京再考虑吧。我等洋子回去的时候一起回去。”

① 一张榻榻米面积约为1.62平方米，称为一叠。

第二天，我们去泡了持续有水流出的温泉，以及别墅营地中的豪华露天温泉。

森林中有许多山中小屋。

“这间山中小屋只来过一次客人，是个五口之家，在这儿住了一晚。”

我和儿子从一个露天温泉走到另一个露天温泉。

到了傍晚，阿洋对我们说：“去看夕阳吧。”然后就穿着橡胶人字拖，拿着樱木手杖出发了。

我们穿过森林，来到一个凸出的山崖。

山崖上长着芒草和松树，大海好像一块织着金色丝线的红布。

云镶着金边，转眼间就消散了，天空的颜色变得如鲜血一般红得吓人。

“每一天都不一样哦。我每一天都被惊艳得几乎不能呼吸了。”

二十五岁的阿洋身穿夏日和服短外套，拿着手杖，站立在山崖的边缘。

“这比我的命还重要。”阿洋边说边将油墨滚子用绳子绑在背上，那是他自己设计好之后在美国定做的。随后，他和我们一起坐火车回了东京。

一年后，阿洋寄来了一封信：

我现在在神明身边制作石版画。这里是个有修道院的气派教堂。教堂里的神父画画，我再把它们做成石版画。神父非常有钱，收藏了很多池田满寿夫的作品，还买了很多墨西哥和埃及的艺术品。神父留胡子，还喝酒。隔壁是三木首相的家。从我工作室的厕所就可以看见首相家里的样子。不可思议的是，神明并不付给我钱。神明是不会做这种事的吧？是不是神明不好意思把钱放进我的钱包里？神明可能也会发出那种豪爽的笑声吧。

我眼前浮现出站在悬崖边上的阿洋，那被夕阳的金色光芒笼罩的身影。

话说回来

十五年前的某天，龟田先生身穿藏青色紧身西装，拿着像是詹姆斯·邦德才会拿的公文包出现了。

头发仔细拾掇过，脸上的皮肤黝黑光滑，就像打磨过似的。

略显奢华的领带和胸帕，充分体现着设计师般敏锐的时尚品位。虽然他身材瘦小，却让人忍不住觉得藏青色紧身西装大概就得是小个子的人穿才好看。

“我们必须打破常识，话说回来。”就打破常识而言，他又似乎太守旧了些。我和他一起工作了一年多，和赞助方相处很难，但不管多难，他总是不会搞得太严肃，我们的合作相当愉快。

周末，我带孩子去动物园。

在狸猫的笼子前，我们遇见了龟田先生一家。

他穿着简便的宽松夹克和时髦的毛衣，夫人一身运动感十足、色彩鲜艳的时尚打扮，与他十分般配，两个女儿也比周围的其他孩子更漂亮和显眼。

龟田先生一家看起来都精神抖擞。

“如果老婆变成黄脸婆，一定是老公的错。我可不愿意看她变成那样。”看来他之前说的这话确实没撒谎。

他们一家简直是“新型家庭”这个词的实物模板。

工作结束后，我和龟田先生多年没见。

有一天，我工作的地方来了一个男人，他留着长发和胡子，身穿花朵图案的印花衬衫，领口大敞着，胸前挂着金色的吊坠，裸露的胸口上长着几根纤细的胸毛，脖子上围了一条丝巾。

原来是龟田先生。

“发生什么事了？”

“辞职了。”

“为什么？”

“总觉得有点不太对劲。人类的本质吧，如果待在组织里就会变得很奇怪，话说回来。”

“现在干吗呢？”

“成了自由职业啦，家也不要了。我觉得婚姻制度也很奇怪。因为是夫妻，就得不管发生什么事到死都要在一起，我觉得这也太荒谬了。不就是一张破纸吗？”

“可是，你们一家人看起来相当圆满幸福啊。”

“说起来挺微妙的。其实我们的价值观完全不同。可她还是不肯跟我离婚。为什么非要执着于一张破纸呢？我真是不懂啊。”

“你外面有女人了？”

“不是那回事，否则我为什么放弃大公司安稳的工作，自愿成为一个自由职业者啊。这种事儿，我再怎么跟你解释你也不会明白。是生活方式的问题。”

“孩子呢？”

“不管怎么说，我到死都是孩子的父亲嘛。当然会负起责任了。”

“还说责任呢……”

“仔细想想，我也没法负什么责任啊。也只能用钱负责任了吧。到底怎么做才叫负责任呢？人啊，本来就是没法负起责任的嘛，话说回来。”

当时正是社会上开始大量出现一些嬉皮士的时候。龟田先生估计是变成嬉皮士了吧。

“你还真诚实啊。”“因为就是这样嘛。为什么要执着于一张破纸啊？不管有没有那张纸，本质不都一样吗？”

“要负担两份生活开销，可真辛苦啊。”“唉，现在几乎就是为了这个在工作了。即便如此，选择符合心意的活法才会快乐，话说回来。”

在青山区明亮的咖啡馆里，龟田先生就一张破纸的婚姻制度的可疑性喋喋不休了好久，其间不时加上一句“话说回来”。他说得也许真没错。

过了差不多一年，龟田先生又出现了。

“我交了个女朋友。”

“果然。”“不是你想的那样，事态严重了，我都到她老爸那儿去低头恳求了。”“反正不是不结婚吗？啊，你是要去跟他解释这个啊。”“不是，我要结婚。”“欸？那之前那张破纸呢？”

“她终于签字了。”

“你怎么让她同意的？”

“就是在榻榻米上给她磕头，跟她说我喜欢上了一个女孩儿，拜托她成全。”

“嗯。不过你为什么想结婚了呢？你不是觉得婚姻就是一张破纸吗？不是说婚姻就是形式吗？”

“话是没错，确实只是一张破纸，但有约束力啊。对方还很年轻，要是让她跑了，我可受不了，话说回来。”

也许我应该感到愕然。我却不由得感动了起来。

面对毫不掩饰的自私，人真是束手无策的啊。

费尽口舌地讲述一张破纸的可疑性，还是无法说服对方。可是，当这份自私赤身裸体地滚出来时，他夫人就不得不签字了。

“人真是任性啊。”

“就是啊。真是任性啊，话说回来。”

“你就算话不说回来也很任性啊。”

又过了几年，他给我打了个电话。

“后来怎么样啦，这次的一张破纸？”

“人和人之间就是个缘分。太好了，真是太好了。现在的老婆既不打扮，也不打扫卫生。这样就很好。”

“那太好了。”

“钱嘛，还是一如既往地紧张。一穷二白啊。但一穷二白也很好啊，话说回来。”

下雨天方便面好卖

我坐过一辆副驾驶座位上摆着大正琴的出租车。我不知道那是什么，就问司机："那是什么？"

等红灯的时候，司机弹起了大正琴。

咻——咻——琴声十分忧伤。

接着，他拿出一本剪贴簿给我看，里面夹着好几张已经发黄变色的剪报。上面写着"奔跑的绿洲"。

我肯定是东问西问了几句。到达目的地时，司机没有打开车门，而是严肃地把大正琴抱到膝盖上，说了句"这是特别服务"，之后就专心致志地弹起了大正琴。和人约好见面的时间已经过了，我很着急，但就是说不出那句"这样就可以了"，真伤脑筋。

出租车经过涩谷公会堂旁边。

中年出租车司机看着一群大白天聚集在公会堂前的女孩子，发出了"唉——唉——"的感叹。

"怎么了？"我立刻问。

"她们就是在追星呢。真是没辙。"他说。

"很伤脑筋吗？"

"我女儿迷上了一个明星，离家出走了。前段时间，我跟踪我女儿，结果发现，她就在这里。明星出来了，上车了，然后她就拦了辆出租车追上去了。我又开着这辆出租车在后面追她，真是拿她没办法。一次次把她带回家，她一次次离家出走。之前有段时间没看着她，她居然染了黄头发，还化了妆。才十六岁啊，十六岁！真是吓死人了。我就拽着她的头发，拿剪刀给她剪了。"

"等她玩腻了的时候自己就回来了。"

"谁知道呢。不过还真吓我一跳。化了妆倒真变成美女了。还是不能让她这样。我老婆整天哭呢。"

"你女儿现在在哪儿呢？"

"在一个没出息的朋友家。趁我不在的时候，她好像常来看我老婆。我老婆很惯着她，老是给她又拿衣服又拿吃的。"

当时我想，有女儿真是不容易啊。

那是一个周六的下午。我拦下的那辆出租车的司机，头都没回一下，也没问我去哪儿。收音机播放着赛马的实况转播。

司机突然“啊、啊、啊”地痛苦呻吟了起来，然后趴在了方向盘上。我还以为他心脏病突发要死了。

“浑蛋，全泡汤了，赛马、赛马，十万日元。”

司机脸色苍白，心情不爽到了极点。

“还剩这么些。最后一次了。”车前的防晒板里夹了厚厚的一沓赛马券。

出租车驶过铁路道口，我被晃得东倒西歪，那种晃法可真有点吓人。

“开始了。”收音机开始播放充满紧张气氛的赛马实况。

不一会儿就出结果了。我的心咚咚直跳，而司机一言不发。也不知道是赢了还是输了，他一脸苍白，什么都没说。司机就这么沉默地载我到达目的地，沉默地给我找了零。

那是个秋天。

坐上出租车之后，发现司机是个留着胡子的男人。打扮得像是直到昨天都还在青山区的设计事务所里做照相排版似的，笑容可掬，和蔼可亲。因为堵车，车慢吞吞地往前开着。

“今年的红叶一定很美！”

“为什么呢？”

“突然降温的话，红叶就会很美。”“这样啊。”“日本就是红叶多啊。樱花还有其他什么的也挺好，但日本的代表就是红叶啊。”“这样啊。”“根据树的种类和时节的不同，红叶的样子完全不一样。哪怕是同一个地方，每年也都不同。”“这样啊。”“还有啊，光有红叶还不行。还必须有很多岩石才行。如果有瀑布就更好了。”“这样啊，这样的地方很多吗？”“很多呢。要不明天就去吧？这位客人。”“欸？您就是这么约女人的吗？”“哈哈……是啊。我可没失手过。她们基本都会带便当来。”“哎——”

他自始至终都很和蔼可亲。

下雨了。

“听说一下雨，方便面就好卖了。”出租车司机说。

“为什么呢？”“因为我会买啊。”“啊，您是单身汉吗？”“有女朋友，但是她什么都不会。什么都不做地等我回家。买东西倒是会去的，但是一下雨就绝对不出去了。所以我必须得买方便面回去。”“在一起时间还短吧。”“已经六年了。”“她是生病了吗？”“哪儿都没毛病。”“她出去工作吗？”“不工作。”“那整天都干什么啊？”“什么也不做。不过我还是想和她结婚。可是她说不愿意。”“哦？”“您觉得怎么样？她年纪比我大。”“挺好的啊。”“说起这个，之前我完全没想到她比我大。因为她说自己三十岁。但看起来也确实就那么大。”“你们不是在一起六年了吗？年龄什么的都不是问题吧？”“是这样的，之前我因为想结婚，就悄悄查了下她的年龄。她居然把自己说小了十八岁。”“啊？十八岁？”“她不想结婚，该不会就是怕暴露真实年纪吧？您觉得呢？”“好厉害啊，如果把年纪说小了十八岁都看不出来，那不是挺好的吗？”“我真的想结婚啊。啊，您能等我一下吗？我去买个方便面。”

司机缩着脖子，在雨中跑进了食品店。

真是奇怪的一家人啊

小时候，晚饭时间总是喜悦与恐惧彼此交杂。

对饿着肚子的孩子而言，吃饭是头等大事。四个孩子、父母的碗筷，一盘小菜、酱菜、味噌汤都摆在狭窄的茶几上，一点空隙都没有了。无论是炖竹荚鱼还是咖喱饭，都能让我们欢喜雀跃。父亲拿着一个酒壶，妈妈为了给妹妹喝奶露着乳房，同时自己也非常灵巧地开始动筷子。

在吃饭的过程中，父亲对弟弟的吃饭方式不满意。“笨蛋，就知道吃鱼，你这么吃后面还吃得下饭吗？”

弟弟低着头，眼里含泪。饭桌上静悄悄的。父亲可能只是打算教弟弟菜和米饭要交替着吃吧，但我们都因为恐惧而浑身僵硬。突然父亲打了下我的右手，因为我拿筷子的手腕抬得太高了。

吃完饭，挑剔也结束了。如果没有结束，一定是他和妈妈开始吵架了。竹荚鱼的眼珠也好，下雨的概率也好，不管聊什么都会往同一个方向发展。“你是把我当傻子吧？反正我就是笨蛋。”“女人这种生物，只看得见眼睛能看见的。”

我们寻找不发出声音从餐桌上逃走的机会，躲到隔壁房间，只有耳朵聚精会神地听着彼此相对的父母的动静。

但是，我曾经以为谁家的父母都是这样的。父亲就是可怕的，母亲就是会崩溃大哭的。

美容院老板的女儿千香是我的好朋友。还是中学生的千香烫着卷发，经常穿各种精致的衣服。千香的妈妈来参加家长会时，涂着大红色的指甲油，戴着金色的项链，连耳朵上都戴着亮闪闪的配饰，还化了个完整的妆容。

我为自己的母亲只是个普通人感到安心。

偶尔，高大帅气的千香爸爸也会一起来学校。我觉得父母一起来也很反常。她父亲穿着黑色高翻领毛衣，还烫了头发。我当时庆幸自己的父亲不是这个样子。

我总觉得千香的父亲有点儿女性化。千香的母亲虽然化着浓艳的妆容，穿着缀满花里胡哨装饰的时装，为人却十分冷淡，既不对其他妈妈客套地微笑，也不打无用的招呼，似乎总是绷着张脸。

我和千香逐渐亲密了起来。有一天，千香穿了一身和《向日葵》杂志里中原淳一画的一模一样的衣服。比她小两岁的妹妹也穿着同样的衣服。

“怎么回事？”我以为她们是在服装店定做了两件一模一样的衣服，还感叹千香家真有钱。

“我爸爸做的。”“欸？”

我非常惊讶。“我的衣服全是爸爸做的。”“你爸爸是开服装店的吗？”“不是，我爸是美容师啊。”“欸？美容师不是你妈妈吗？”“不是啊，妈妈只是给爸爸当助手而已，开店的是爸爸啊。”“欸？”“我妈妈什么都不做的。连饭都是爸爸做的。”“你爸爸不生气吗？”“我爸妈关系特别好。爸爸总对妈妈说‘你什么都不用做’，所以妈妈什么都不会。早上起来，爸爸就会给妈妈化妆，因为我爸就是美容师嘛。然后，妈妈穿的衣服也全是爸爸给备妥的。早餐倒是妈妈做的，但很难吃。不过就算这么难吃，爸爸也会夸好吃。我超喜欢爸爸，也超喜欢妈妈。我的衣服也是，完全不想穿外面卖的那些。”“那个，难道她是后妈？”“不是啦，妹妹和我都是妈妈生的啦。”

我去过一次千香家。家里都是美容院的气味。

绷着张脸的千香妈妈把苹果削了皮，放在大盘子里端了过来。她在桌子上放了两个红茶茶杯，就一言不发地往店里去了。两个红茶茶杯并排摆在桌子的另一边，我犹豫着是否该把它们挪过来。千香则津津有味地吃起了苹果。

千香爸爸进来了。刚一进来，他就转头说：“妈妈、妈妈，快点过来。”

千香抬头看向她爸爸，笑着说：“真是的，又开始了。”她像朋友一样放松地调侃父亲，这让我十分惊讶。而她父亲居然也毫不介意，也令我相当震惊。她妈妈坐在她爸爸身边，端起了红茶茶杯。原来那两杯红茶是千香爸爸和妈妈的啊。我觉得不好意思极了。

千香爸爸说：“妈妈，指甲颜色掉了。千香，把那个拿过来。不是那个，是新的那个。还有脱脂棉。”千香嘴里叼着苹果，从身后的架子上取了个小玻璃瓶，然后用脱脂棉蘸了酒精，开始擦自己的指甲。

“爸爸，也给我做一下吧。”“知道了，知道了。千香也很时髦嘛。”她父亲说着，同时始终握着千香妈妈的一只手。千香一边狼吞虎咽地吃着苹果，一边把手腕一伸，手指一翘，陶醉地打量起自己的指甲来。

“今天吃什锦饭。”千香爸爸说。

“不要，我要吃咖喱饭。”

“什锦饭。”千香妈妈绷着张脸说。

“哼。”千香盯着自己的指甲说。

这家人吃晚饭的时候，没有一个人害怕父亲。

真是奇怪的一家人啊，不过我觉得这样奇怪的一家人真好。

不过没关系

五岁的儿子，喜欢桃子。百合班的男生都喜欢桃子。桃子一来保育园，穿着蓝色罩衣的男孩子们就都急切地聚拢过来，去拉桃子的手。桃子一副理所当然的表情，悠闲地环顾四周。

桃子不光是悠闲地环顾四周，她还懂得收紧白皙圆润的下巴，睁大眼睛，注视男孩的脸。

玩过沙子后，并排在水龙头那儿洗小脏手的男孩们，会故意去撞桃子。每当这时候，桃子就会软绵绵地扭动自己的小身子，无声地笑笑。坐着的时候，她会把两只手在裙子上张成“八”字，用手指卷着裙子的边缘玩儿。想必男孩们都感受到了这个幼小的女孩的娇媚吧。也没有谁教，五岁的桃子也许天生就懂得这些。

直美是个胖胖壮壮的女孩，她大多时候都和男孩儿们一起玩儿。她会把男孩儿从秋千上推下去，哭起来声音特别大，眼泪扑簌簌地往下掉。

有一次，忘了是什么时候，桃子和直美一起来我家玩。我儿子一直缠着桃子，追着她满屋子团团转。直美坐在钢琴椅上晃着腿，用特别安静的声音对我说："阿姨，我喜欢阿弦。但是，阿弦好像不喜欢我。不过没关系。"

孩子们都到了上小学的年纪。我始终无法忘记直美。

一次去学校开家长会的时候，我在走廊里遇见了直美。直美一边用洪亮的声音喊着"阿姨"，一边朝我跑来。胖胖壮壮的，稍微长大了一些。

"直美改姓了哦。"儿子说。

孩子们渐渐长大，我没怎么见过直美。

孩子上小学五年级了。

一天，我在住宅区的公园附近走着，一群放学回家的女孩子走了过来。

突然，其中一个女孩子冲我喊道："阿姨，阿弦家的阿姨！"原来是直美。

"啊，直美。你长大了啊。"

直美满脸笑容。我看着直美那双充满依恋的眼睛，心想：唉，怎么可以用这么亲昵的眼神看我呢？

我只是她同班男孩儿的母亲而已，和她并没有那么亲密。

“来家里玩儿吧。”“嗯。”直美答道，脸上依然是同样的表情。那是我最后一次见直美。那双充满了依恋的眼睛，令我十分难忘。而且，不知道为什么，有点心疼。

“直美搬家了哦。”儿子小学毕业时说。他进了稍微有点儿远的初中，小学时的朋友偶尔会来家里玩儿。

“直美又回来了。真厉害啊，能坚持己见。”儿子的一个同学说。

“我妈妈喜欢直美。”

“嗯，因为她非常可爱啊。”

“欸？可爱？前几天她还拽着我的头发跟我说：‘阿丰，别整天愁眉苦脸的。’”

我只知道那个在公园旁边喊我“阿姨”的直美。

某天傍晚，儿子气喘吁吁地跑进家门。

“哇，吓了我一跳，刚才有个头发金黄、穿着这么短的裙子的女孩，一边喊‘阿弦、阿弦’，一边冲我过来了。我完全没认出是谁。您猜是谁？居然是直美。”

“是吗？”

“妈妈，您就算见了也认不出来。”

我让儿子成了单亲家庭的孩子。我作为母亲的那部分自我，在儿子气喘吁吁地跑进家门，说“吓了我一跳”时，莫名地松了口气。

我无法忘记自己松了口气的反应。我害怕那个在公园边喊我“阿姨”边冲我挥手的直美。

儿子他们中学毕业时，我在儿子的朋友家看到了毕业相册。

“哪个是直美？”

“这个。那孩子，好像没被批准参加毕业典礼。”儿子朋友的母亲指着纪念照右上角单独放在圆框中的照片说。照片里的女孩儿脸圆圆的，烫了头发，目光锐利。

我本可以为她做些什么呢？即便偶尔就与自己生活无关痛痒的话题，和她聊过几句。可是我连自己的孩子都保护不了。

“阿姨，我喜欢阿弦。但是，阿弦好像不喜欢我。不过没关系。”我喜欢那个用安静的声音这么说话的直美。我喜欢那个在一群同学中冲我挥手的直美。然后，我也喜欢那个在额外的圆框里，目光锐利，彻底变成了大人的直美。这个什么都没做过的我，本可以为她做些什么呢？

儿子的朋友说，桃子进了有名的公立高中。

为了美空云雀

我既没见过高级官僚，也不认识精英白领。没有黑社会熟人，也不认识外交官。想象不出计算机工程师的样子，也没有跟银座的妈妈桑、女公关实际亲密交谈过。我对自己不熟悉的职业，不过是持有一些一般的刻板印象罢了。估计现实情况和这种刻板印象毫无关联吧。

因此，当近距离接触房产中介时，我不禁感叹，看来我对房产中介的刻板印象还是有点道理的。

我既没有建房子的打算，也并没有对所谓的居所抱有什么特别的欲望。朋友说自己发现了梦想中的土地，问我要不要去看看。我是个十足爱凑热闹的人，就穿着拖鞋坐上朋友的车，一起去看那块梦想中的土地了。

那是个没有住家的朝南的斜坡，在一座种满了樱花的山上。我没有一分钱存款，却想在那座樱花山上盖房子。

房产中介出现了。他是个胖墩墩的中年男子，面色红润、容光焕发，哈哈大笑着，一边笑一边还用手拍着自己突起的肚子。腰间系着带金色皮带扣的鳄鱼皮皮带，身穿藏青色粗条纹西服。除了房产中介外，实在很难想象其他人会做这种打扮。他用低沉厚重的声音和市长、市议员像朋友般交流。太可疑了，我确信那座樱花山上就是典型的虚假房产。因为我还有一种先入为主、牢不可破的偏见——房产中介等于骗子。

如果他在电影里出演房产中介，影评人们一定会批判他太符合既有的刻板印象了，反而缺乏真实性。朋友也对樱花山的美景兴奋不已，就这么进入了房产说明环节。在朋友家听完了大致的说明，我对此更加怀疑。

然后，看完设计图纸以后，大家决定一起喝一杯。

房产中介用厚重的声音说："交给我吧。"随即叉开双腿喝下威士忌。喝了点酒后，房产中介开始变得有点像随处可见的朴实大叔了。他看着装威士忌的玻璃杯，用异常沉静的声音说："我做房产中介是为了美空云雀。我上高中的时候练过柔道，当时正赶上十五岁的美空云雀来拍电影《柔道一代》。因为这个机缘，我第一次见到了美空云雀。真可爱啊。我一见到她就暗暗发誓，无论如何都要去东京，到美空云雀身边去。所以大学时我就到东京来了。关于美空云雀的流言蜚语很多，但我知道她不是那种女孩儿。都是围在她身边那些阿谀奉承她的人不好。我那时候常去云雀家，她那时候总和小林旭形影不离，我当时就觉得这可能会给云雀带来不幸。当时我想，不管发生什么，我都要在关键时刻帮助她。因此，我需要钱。我就靠着一张桌子，从车站前小店的角落开始做起。我之所以能有今天，完全是靠着‘总有一天我要成为云雀的后盾’这个念头。也许你们会觉得我很傻，但这就是我唯一的罗曼史了。我从来不觉得现实中云雀真的会来向我求助哦。不过，这就是男人嘛。”

“可是她身边挤了一堆人，她妈妈啊，整个家族的亲戚啊。十五岁的时候也许是挺可爱的，但现在的她就像是日本唱歌第一好听的鲸鱼之类的存在吧。”

房产中介突然睁大眼瞪着我说：“她还是和十五岁时一样纯情的好女孩儿呢，所以才能唱出那么动人的歌。算了，别人怎么想都无所谓。今天不知道为什么心情特别好。告诉你们一个秘密，我可不甘心一直做个房产中介，我要从政。只要云雀还在奋斗着，我就也想为了她而奋斗。”

他简直越看越像骗人的房产中介。但是我觉得有件事不是谎言，就是十七岁的他为了十五岁的云雀而做了决定自己一生的选择。

我同意在那个好得有点过头的樱花山房产的合同上盖章了。

结果，那座房子果然是典型的虚假房产，我和朋友买的两个房子的钱加起来，总共被骗了一亿日元。

之后的种种，简直就像漫画一样，人生第一次认识了从事律师这种职业的人，茫然地盯着没有房子建起来的樱花山眺望了许久。

朋友不知道跟我道了多少次歉："真抱歉啊。"我从空荡荡的躯壳里发出洪亮的声音回应道："又不是死了，只要这具身体还在，都会好起来的，你看我们一家四口不是活得好好的吗？"结果，我的家人从三个变成了两个，这次房产纠纷加速了我的离婚。

不过，有件事我连对朋友都不太好意思说。我之所以下决心买那个房子，其实是因为那个可疑的房产中介说的那段与美空云雀的"罗曼史"。

即便那张红脸、那个厚重的声音全是骗人的，那个"罗曼史"也或许是真的。直到如今，我依然这么认为。

只是生下来了而已

绘理是我住的那条街上一个医学世家的女儿。

我们俩上的初中在另一个街区，距离我们住的街区比较远，我和绘理平时都坐电车上下学。我先放学的话，就站在绘理教室外的走廊上等她出来，她先放学的时候也会等我。然后，在三十分钟车程的电车里，我们有时会讨论《乱世佳人》里瑞特·巴特勒和艾希礼究竟谁更帅，也会在考试结束后试探着问对方的成绩，看谁的分数更高。

绘理是个女孩子，比较擅长理科，我则更喜欢日语和社科类科目。

比起我家，绘理家要有钱得多。我家做咖喱饭用的是肥肉比较多的轻飘飘的猪肉，但绘理家用的却是一大块一大块的牛肉。吞下那些牛肉的时候，无法完全嚼碎的牛肉就那样咕噜咕噜地沿着食道滚下去了。而且，咖喱里居然还放了月桂树的叶子，我不知道是该吃掉还是该剩下，感觉很不知所措。

绘理的父亲是位鼻子下方留着小胡子的医生，跟我父亲相比，他简直太正常了。我父亲完全就是不愉快的化身，不管是谁家的父亲看起来都比他正常。

那位留着小胡子的父亲，在绘理上高中的时候，因为脑出血突然死了。这让我觉得很不可思议，原来医生也会死啊。我不记得自己当时有没有去参加葬礼。

我上了别的高中，但失去了父亲的绘理家，我却比上初中时去得更勤了。

高中毕业后，绘理考进了本地大学的化学专业，我则来到东京开始了复读生活。

我那个整天不高兴的父亲卧病在床，就那么不明原因地越来越瘦。我时常回家看望日益消瘦的父亲。

只要我回家，就一定会骑五分钟自行车去看绘理。

绘理对我说："你去东京后变了很多呢。""怎么个变法？""在这里的时候，你好像不太明白自己该待在哪儿好，好像也没有找到真正投契的朋友。但是在东京，你好像遇见那样的朋友了。所以哪怕回到这里也有点心不在焉。"

可能她说得没错。在东京，我一方面承受着应试带来的不安和焦躁，以及父亲不知何时会去世的恐惧；另一方面也开始与一起画画的朋友们建立前所未有的心意相通的友谊。她的这些话听起来既像是对我的渐行渐远进行指责，又像是自暴自弃。

“你父亲的情况很不好啊。”我知道父亲的病治不好了，他已经卧病在床两年了。“要我说，痛快点死掉反而更好吧。”绘理说。这话要是别人说，我大概会生气吧。但我觉得失去父亲的绘理说这种话也没关系。

第二年元旦，父亲去世了。

家里乱糟糟地挤满了人的时候，绘理来上香了。

在一个被我用作学习室的三叠榻榻米大小的房间里，我和绘理面对面坐着。两个人都有点扭扭捏捏的。绘理双手握拳放在膝盖上，低着头说：“对不起，我居然对你说了那么恶毒的话。”我立刻明白了她在说什么。“那种事情，没关系啦。”“真的很抱歉。”“因为你说得没错啊。”绘理的手再次握成了拳。我们不再说什么，只是保持着沉默。

我不希望绘理继续把这件事放在心上过意不去。相反，我觉得自己和绘理成了同志，我们都是失去父亲的女儿。

然而房间里的气氛十分紧张，仿佛空气凝结了一样，我和绘理就这么面对面地坐着，低着头，保持沉默。

“我们走吧。”我站起来，打开门。出了房间门，我松了口气，回头一看，绘理看起来也松了口气。

我结婚的时候，绘理专程赶到东京参加我的婚礼。她穿了一身紫红色绢布制成的充满光泽感的礼服，看着我一个劲儿地笑。

后来，我的一些男性朋友问我："那个像索菲亚 · 罗兰一样的美女是谁啊？"

我第一次觉得绘理的确是像索菲亚 · 罗兰一样的美女。

今年夏天，初中时的朋友给我打来电话说："跟你说啊，绘理的儿子在东京大学上学呢！""哇，好厉害。""她很想见你哦。说是因为儿子在东京，所以她时不时也会来。""我也想，我也想见她！"

绘理和另一个朋友一起来看我。她果然是像索菲亚 · 罗兰那样的美女，而且更柔软沉静一些。我身边的朋友净是这样的母亲，她们的儿子要么拒绝上学，要么是失足少年；女儿要么讨厌上学，要么整天闹别扭。有个七门考试全挂科的儿子，当妈的有再多幸运都被为孩子操的心抵消掉了，大家只能互相鼓励，彼此加油。

"你很幸福吧。"

我捏着绘理腰上的肉说。

"说真的，我没那么觉得哦。因为我什么都没做啊。我只是放任自流，他就自己变成那样了。如果我付出了什么努力，拼尽全力做了什么的话，大概会很高兴吧。最近我常常思考自己究竟做过些什么呢？我只是把他生下来了而已啊。那孩子特别懂事，什么都不用我操心。我总觉得有点寂寞呢。”

我好像有点理解她的心情。

我那位儿子不肯上学的朋友，在经历了七灾八难之后说：“说到底，做母亲的就只是把孩子生下来而已啊，其实什么都做不了。”

所谓母亲大概就是这么回事儿吧。绘理目不转睛地盯着我说：“你一点儿都没变啊。”“刚刚你明明还嘲笑我变成老太婆了。绘理才是一点儿都没变，只是多了些年代感。”

“我们只是被生下来了而已呢。”

喂喂，你喜欢我吗

我家有条狗。腿像短腿猎犬一样短，陶管一样的身上，装了一副柴犬的脸。然后，眉毛挤成“八”字，一副困扰的模样。它整天观察人类的表情，好像在问：“喂喂，你喜欢我吗？”

我觉得不胜其烦，尽量避免和狗对视。儿子心血来潮把它拖进被窝里一起睡，早上被我发现后挨了顿骂，儿子满不在乎，狗倒是心虚似的鬼鬼祟祟地跑到院子里去了。

它说不上是一条幸福的狗。

邻居领养了一条有血统书的小猎犬。几乎同时，那家的先生从乡下领了一对矮鸡回来。周日，他还自己做了个很漂亮的鸡舍。

那家的太太说：“一不小心养了条狗，但我其实讨厌狗。还是鸡比较可爱，我比较偏爱它们。一有什么剩菜剩饭，比如味噌汤里的小杂鱼干之类的，我就切碎了先给鸡吃，剩下的才给狗。因为我很期待鸡下蛋嘛。”

"居然说比起狗还是鸡可爱，真奇怪。"

我虽然不觉得自己的狗特别可爱，但听到别人说鸡可爱，还是觉得挺不可思议的。

因为家四周都是树林，少有人家，所以我时常不给狗拴上锁链。

一个周日，我没给狗拴上锁链，带着儿子去三浦海岸玩儿到下午六点才回家。一进家就看见狗拴着锁链，我心里有些纳闷，给它解开了。晚上九点，电话响了。

是隔壁的太太打来的。"那个，今天我让鸡在院子里散步，你家桃子追着鸡跑。结果，现在一只鸡在您家的屋顶上，另一只飞到松树上不见了。所以我就给桃子拴上了锁链。"

我大惊失色，羞愧万分，赶紧给桃子拴上锁链。一看自家屋顶，一只雄鸡正在上面蹲着呢。我去隔壁和邻居商量怎么想办法把鸡抓住，我们都很担心那只失踪了的母鸡。

儿子说："哎呀，桃子挺厉害的嘛。"一副很自豪的样子。我心想：真是让人头疼的狗啊，不过还是我的责任更大，怪我没把狗拴好。同时还担心着母鸡的去向，就那么睡着了。

第二天，我六点半就起床了。我近视，早上因为没戴隐形眼镜，看什么都是一片蒙眬。只见狗屋前有一块鲜艳的粉色物体。我想知道那是什么东西，就使劲把脸凑到跟前看，发现鸟的羽毛散了一地。我惊叫出声，不敢再看第二眼了。

儿子被我的惊叫声吵醒，过来仔细端详那只鸟，嘴里说着："这是什么鸟啊？"我一边敲隔壁的门，一边安慰自己："可能是鸽子，也可能是乌鸦。"

隔壁的先生身穿蓝色睡衣，脚踩木屐站在狗屋前，小声说："是矮鸡。"

"怎么办啊？"我手足无措地大喊起来。

隔壁的男主人拿来铁铲，就那么穿着睡衣挖了个坑把矮鸡埋了。他太太就穿着睡袍站在旁边看着。

"抱歉，抱歉啊，这可怎么办啊？"我不停地胡喊乱叫。

隔壁家的太太喜欢那鸡胜过狗，鸡却被我家狗给吃了。昨晚六点，那只鸡大概还活着待在哪棵树上吧。肯定是六点到九点这段时间里，被捉住拖进了狗屋里。实在不太可能是这鸡夜里自己飞到了拴着链子的狗面前。

"狗嘛，这也是没办法的事。"隔壁的太太安慰我说。

桃子因为身边聚集了好多人，正摇着尾巴。它肚子吃得饱饱的，对被埋葬的猎物似乎也没什么留恋，精神好得出奇。

我担心因为这事跟邻居关系恶化。无论怎么想，都是我不对，没用锁链拴住狗。一整个上午，我都在家里心神不宁地团团转，不知道该怎么跟邻居道歉才好。

终于，我鼓起勇气打了个电话过去。

“喂，要不要一起吃午饭？”

“好啊。”

“那我做好了给你打电话。”

我打开冰箱，拿出准备要用的食材，急迫又专注地做好午饭，在餐桌上摆好后，打了电话过去。

没一会儿，隔壁的太太就从大门进来了。她进来的时候，我几乎惊得跳了起来。

我居然做了亲子饭[①]！

“怎么办，怎么办，对不起，这可怎么办啊？”我又一次慌乱地大叫起来。

“怎么了？”

“我不小心做了亲子盖饭。我不是故意的，真不是故意的。”

我简直要昏过去了。这时，隔壁的太太说：“哎呀，没关系啦，我今天早上还吃了炸鸡呢。”

桃子看着隔壁太太，一脸高兴地摇着尾巴，仍旧用它那副八字眉问着：“喂喂，你喜欢我吗？”

---

① 日语为“亲子丼（おやこどん）”，又译为滑蛋鸡肉饭，是以鸡肉、鸡蛋、洋葱等覆盖在饭上，再以碗盛装而成的食物。

然后呢，然后呢

四叠半榻榻米大的昏暗起居室里，四十岁的小姨抽着烟，烟雾从鼻子和嘴巴两个地方喷出来。她用食指把烟盒弹过来，对我说：“来，抽一根试试。”

当时的我，对什么事都要“然后呢，然后呢”地问个不停。小姨连学生时代的日记都给我看了。二十二岁时，我有了喜欢的男生，没能如愿以偿地在一起，就在小姨那间四叠半的起居室里抽泣，小姨叼着烟站起来说：“我帮你去谈谈。”然后真的换了衣服，差点真的要出门找人家去。

小姨和外甥女之间的血缘之情肯定是有的，但我总觉得，四十岁的小姨和十九岁的我之间的那种感情，应该是友谊吧。

小姨虽然撺掇我抽烟，但是她上初中的儿子对摩托车感兴趣时，小姨却坚决地拼尽全力阻止；她女儿到了青春期，喜欢上小姨看不上的男生，小姨真的为了破坏他们之间的关系出门去了。小姨也没撺掇过她女儿抽烟。我和小姨的关系比她跟自己亲女儿的关系还亲，但我想那正是因为我们不是母女吧。十九岁的我唯一亲近过的大人，大概就只有小姨了。

现在，我已经过了小姨当年的年纪，环视身边，禁不住感叹：身边已经没有年轻人了呀。儿子和我的关系，简直像在对决，根本容不下友情这种温馨宁静的情感。他的朋友又都站在他的阵营，总是向我投来怀疑的眼神。

前几天，朋友的儿子带了他朋友来，是个二十一岁的年轻人。我看着他们，对那种肮脏和纯洁并存的年轻劲儿感到钦佩，心想如果我早点生孩子的话，也有这么大了吧。我给他们做饭，他们叼着烟，故作成熟男人的模样。

“我啊，幼儿园的时候，被一个顽固的老师欺负惨了。我从小就老是一副扭扭捏捏、皮笑肉不笑的样子，经常被人觉得脑子缺根弦。老师跟我妈说，把我送进儿童福利院比较好。有一天，我一到教室，老师就说‘女孩子集合’，让女孩子们在自己身边围了一圈，然后喊我过去。接着，让女孩子们拿镜子照着我，他看着镜子里的我说：‘像乌贼一样。’结果，我还是一副扭扭捏捏、皮笑肉不笑的样子。”

朋友儿子的朋友，有一张白净美丽的脸，如果让他穿上黑色和服便装，打扮成《大菩萨岭》[1]里的机龙之助，一定会很有味道吧。但是，的确很像乌贼。

“我可受伤了，伤透了。”“乌贼”抗议道。我哈哈大笑：“好过分的老师啊。居然有这种人。然后呢，然后呢？”他现在能成长得这么好就让人安心了。如果现在能让人安心的话，过去的伤就只是趣谈。

他虽然受过伤，却依然长成了这样一个二十一岁的青年人，我为此非常感动。

不管大人们怎么伤害孩子，孩子都会一边受伤一边茁壮成长。不受伤的孩子就是个屁。我一边这么想，一边却因为儿子回来晚了而忧心忡忡。

“看着佐野女士的脸，我想起老妈了。儿子回来时您的表情，怎么说呢，我上初中时，每天一回到家，我老妈也是一样的表情。”“你妈妈多大啊？”“和佐野女士一样啊。”

我去看了他们乐队的现场演出。“乌贼”穿着闪闪发光的紫色长袍，甩着长刘海，大声尖叫，何等的年轻啊！在这闪烁的灯光里，年轻就是这样肮脏又美丽的东西吧。已过

---

① 《大菩萨岭》是根据中里介山同名原著改编的一部电影。描写了机龙之助由剑客变为杀人狂魔的过程。

四十岁的我，从容地看着别人的儿子。

小姨也是把十九岁的我作为别人的女儿，从容地注视着我那肮脏而美丽的青春。

“乌贼”说：“我寄宿的地方只有一个碗和一个盘子。”我就把不用的碗装在纸袋里给他了。我想起了自己以前从小姨家拿了旧煎锅装在包里坐公交车的经历。儿子能否长成像模像样的男子汉呢？我为此忧心忡忡着。

那可是真的啊

黄昏，杂乱拥挤的菜市场肉铺前，我正准备买可乐饼。“可乐饼……”我刚一出声，就看见身边站了个在学校脸熟但没说过话的女孩。她喊道：“大叔，炸猪排。”我立刻改了主意，买了炸猪排，没买可乐饼。

就这样，朋友和我在我寄宿的地方吃了三十五日元的炸猪排。朋友和她瘦小的母亲两人，租住在一户普通人家六叠榻榻米大的偏屋里。

我生孩子的时候，在她们那儿投宿过，是朋友的母亲给我孩子洗了出生后的第一次澡。自那之后，我也在育儿上得到了她的许多帮助。

她丈夫是战前的众议院议员，曾在麻布和赤坂拥有豪宅。他成为众议院议员后从冈山把她接过来时，连厨房瓶子里的盐都准备好了。成为议员之前，他是个文身遍体的侠客。后来因为感冒，不到一个星期就去世了。去世时都没给医生看过他身上的皮肤。丈夫去世后的四年里，她每天什么都不做，就只是哭。

“真的就只是哭，猛然清醒过来的时候，发现都过去四年了。”

“那，你没看上其他男人吗？”

“一次都没有。没有哪个男人比次郎更出色了。”

“你很迷恋他吗？”

“非常迷恋啊。那会儿常有些粗鲁的男人出入我们家，如果来的人真有困难，他就会从保险箱里拿钱给人家。气度真好啊。再说，他可是连厨房里的盐都会考虑到的人啊，温柔体贴极了。一到换季的时候，他就带着我一起到和服店去挑选和服，从衬领到下摆里子全都替我准备好，到哪儿都带着我。我当时每天都去议员会馆，一天都不落下。现在回想起来，我究竟在那儿都做了些什么，竟然完全回忆不起来了。傍晚，他和人约好见面，就给我也预约一个房间，找艺伎陪我玩儿，以免我无聊。不管去哪儿，不管发生什么，都一定会打电话来问我：‘还好吗？’我还是十六岁的小屁孩儿的时候，就认识他了。那之后就没动摇过。我这一生太幸福了，没什么遗憾了。”

“他去世几年了？”

“四十年了。四十年来，我一天都没忘记过次郎。讨厌的男人，即使回想起来也是讨厌的人，你说是不是？回忆里也都是讨厌的事儿。但是关于他的回忆真是一件不开心的事儿都没有。有好几个男人说想跟我再婚。但一聊天，看一下脸，我立刻就觉得，不行不行，不是次郎不行。次郎真的是男人中的男人。我是个没学问的人，又笨。但是次郎一次都没把我当作笨蛋。不管我说什么，哪怕是半夜，他都认真地听着。无论面对地位多高的人，他都不卑不亢、堂堂正正地自然相处。和我在一起之后，就再没有过其他女人了。”

“次郎先生真有那么出色吗？”

我问他们的女儿，她是个染色设计师，有三个孩子。

“那可是真的，我这么说可不是因为他是我父亲。不管怎么说，他满身都是文身，家里放了好几把日本刀，真的是货真价实的黑社会。但是，我觉得能称得上男人中的男人的，也就只有我父亲了。我二十岁就知道这世上不可能再有像我父亲这样的男人了。因为早就明白了，我不会把丈夫和父亲放在一起比较，所以还算幸福吧，但我母亲会比较，她总是说：‘如果是次郎，就不一样了。’我唯一的不满就是，她老拿我丈夫和父亲比较。”

我卧病在床时，瘦小的千枝子女士来照顾我，说：“我虽然帮不上什么忙，但总比没人在这儿好。”我和她并肩躺着，不停地问次郎先生的事，一个劲儿地追根刨底。

“我真是幸福。次郎去世后，我和小椎两个人相依为命，没有比小椎更贴心的女儿了。我一次都没骂过小椎，因为她不会做能让我责骂的事。我觉得这是因为次郎在天堂里保佑我们。”

早上醒来，我听见“扑通扑通”的声音。只见千枝子女士正抬着腿，用双手拍打大腿。“这是体操。就这样随意地拍打身体一个小时，就算在冬天，身体都是暖和的。我都八十二岁了呢。”

“你知道我母亲跑马拉松吗？”

“咦？不知道。”

“她跑的。跑的时候还发出‘嘿呀嘿呀’的声音。她是不是跟你炫耀我了？”

“是啊。说你是世界上最好的女儿。”

“你当她女儿试试。就算是你这么奇怪的人，都会不知不觉地变成世界上最好的女儿。你忍心对她使坏？”

“不忍心。”

“能忍心让她担心吗？”

“不忍心啊。所以我让她在我这儿住了不止一两次。”

想起二十多年前，吃了三十五日元的炸猪排后，我第一次去了那间六叠榻榻米大的偏房，当时我心想：世上竟然有关系这么好的母女！我真想亲眼看到千枝子女士和次郎先生在一起的模样，哪怕只有一次也行。

野本女士穿着皮草外套，坐在我小姨家四叠半榻榻米起居室的被炉里。

小姨穿着日式短上衣，我披着大衣外套。屋里除了被炉外就没有取暖的设施了，我们只有脚是暖和的，背上特别冷。

野本女士白皙的双手留着漂亮的长指甲，还涂着红色指甲油，她拿着刀叉，教我们如何在削皮的时候不用手去碰苹果肉。

“不是什么大不了的事儿。就请记下来吧。”

野本女士用叉子把苹果递给我，雪白的苹果仿佛被叉子拥抱着一样。

“你为什么要把孩子生下来呢？”

小姨有时候直率得令人震惊。

野本女士那个混血的孩子，已经和我表妹差不多年纪了，这十多年来，小姨好像还是第一次问这个问题。

“良子，因为我当时觉得‘Love is the best’啊。”

野本女士直到离开的时候都裹着皮草外套。

这间四叠半的房间里只剩下我和小姨时，她对我说：“觉不觉得那个人很做作啊？”

“说话方式？”

“全部。”

“为什么会这么说呢？”

“上女校那会儿，她可是有钱人家的大小姐，她家给学校捐的钱都能把学校给买下来了，她母亲是那种说话特别优雅的人。她父亲去世后，野本女士一个人养活了全家。战争结束的时候，她才十九岁。十九岁的女孩怎么养家呢。也是没办法啊。你很喜欢野本女士吧？”

“嗯，小姨的朋友里，我最喜欢她。”

我当时也十九岁了。街上已经看不到驻扎的盟军了。

那之后，过了好几年。

我时常去小姨家里玩，有一次又在那间四叠半的房间里见到了野本女士。她身穿黑色礼裙，戴着珍珠项链，头发向上梳拢。

“那珍珠是真的吗？”

“看起来像吗？假的。因为是我戴着的，所以看起来像真的吧？”

四叠半的角落里放着石油暖炉，小姨不再穿日式短上衣，我也把大衣外套挂在了玄关处。我的大衣外套旁边是野本女士的皮草外套，仔细一看，已经磨损到能看到皮毛下的布料了。

那之后，又过了几年。

“你知道野本女士现在在哪儿吗？”

“不是银座的酒吧吗？”

“热海。她去做日式酒家的女招待了，不久就成了女招待的总管。那家日式饭店是政治家招待外国上流人士的地方，相当高级。她这不是又聪明，又能干，又会英语嘛。”

“你是怎么知道那儿很高级呢？”

“我之前去过。她还真是爱过那个人啊。”

“爱过谁？”

“还能有谁？那个小黑呗。”

小姨还把美国人叫作小美。

“我和她一起去了海边，她摸着海水说：‘啊，这海是不是一直连到美国啊？’”

那之后，又不知过了多少年。

我和朋友到热海玩儿。当时，梅花与寒樱齐齐盛开。我出门去买胶卷，在旅馆的拐角处，看到了隔壁旅馆的厨房后门。后门上挂着的旅馆名，正是小姨曾提过的野本女士工作的旅馆。

我向在玄关处目送客人的车离开的女服务生打听了野本女士。

在开阔的玄关前，我紧紧抱住身穿条纹和服的野本女士。漫长的岁月让我不由得紧紧抱住了她。

“您记得我吗？”

“记得啊。你小姨还好吗？”

“您知道的，还是老样子，整天抱怨呢。虽然我也不是常常见到她。”

“这段时间，她连明信片都不给我寄了。请你跟她说，我还以为她已经驾鹤西归了。”

野本女士给我拿了杯咖啡到大厅来。

“我母亲去年去世了，我已经没什么牵挂了。女儿在美国生活，有两个孩子，我都当外婆了。女儿的对象是个非常出色的人，不过，你可能不太喜欢。”

“欸？这是为什么？”

“他是个诚实认真的人。那个国家，你是知道的，作为那种人士，他是第三十六个通过外交官考试的。”

我费了好大劲儿才明白过来，她是在说肤色。

“女儿幸福，我真的很高兴，三年前我还去看过他们一次。我过得很幸福，在这后面有套公寓，但我打算收拾收拾，搬到小点儿的房子去。我想在这儿干到干不动为止。我在这儿十七年了，有不少门路。能工作的地方应该不少。就算不在这家干了，也没什么。要是连打杂的活儿都干不了了，我就靠养老金痛快地生活，然后就去养老院，我现在都是在为此做准备呢。”

“野本女士，您多大了啊？”

“哎呀，怎么能问女士这么失礼的问题呢？六十四岁了。你知道我为什么这么幸福吗？因为我生了真心爱过的人的孩子。就因为这个，其他什么都不需要了。其他东西，拥有了也只是徒增烦恼。今年夏天，我要去美国看女儿他们。”

可不能杀人啊

一个走路有点儿摇摇晃晃的男人上了车。车上有不少空位子，乘客们都看向上车的男子。男人穿着灯笼裤，裤子上沾着泥，但泥好像是刚沾上去不久的，拍一下就能掉，裤子并不是很脏。男人把手里的车票给一个坐着的女人看，问："这张车票能坐到哪儿呢？"女人转过脸，装作没听见，起身走到车门处去了。

这人看上去脾气不太好，身强力壮，而且一身酒气。

男人看了一圈车内，一屁股坐在了我身边的空位上。我紧张得心跳加速。

"小姐，这张票能坐到哪儿啊？"票上写着"三十日元区间、下北泽"。

"下北泽。""第几站？多少分钟？""三十分钟左右。"真希望他别再问了。我觉得好可怕。

"输光了。就剩三十日元了。"我想问他昨晚在哪儿睡的觉，但太害怕了，还是决定不问了。

“小姐，可不能杀人啊。”

满嘴酒臭直冲着我来了。

“大叔，您还干过那种事呀？”

“十二年，本来十二年的，八年就出来了。出来的时候，可风光了。黑色的车子排了一排，就在监狱大门口。老大和小弟们都在。不过啊，可不能杀人啊。”“大叔，您以前是黑社会吗？”

不知不觉中，我已经深陷其中，没有退路了。同行的男人把脸紧紧贴在《朝日周刊》上，假装和我不是一起的，电车里的人全都盯着我们。整个电车的人都安静地看着我。男人的声音粗犷响亮，十分深沉，响彻车厢。

“现在离开组织了，单打独斗。”

“您有文身吗？”

男人解开衬衫纽扣，卷起袖子，露出一排刺青。

“现在的那些家伙，都没什么骨气，连刺青都不成片。我可是浑身都刺上了。现在的那些家伙，帮派礼都行不全，剃个头就蒙混过去了。好好行帮派礼的话，可是要花上三十分钟啊。”

我虽然还是很害怕，却抑制不住好奇心。

“做来看看嘛。”“要花三十分钟哦。”“来个开头就行。”

男人把身体斜向一边，用低沉又带点威慑的声音，像是卷着舌头似的开始说："在下离开故乡……"简直像电影一样。

"……就这样，把出生以来的事全部说了一遍。现在的那些家伙，根本没法认真做完这一套。真是完蛋了。"

"我的女人，有五个呢，都是美女。给你看看？"

男人从怀里拿出一个像是用来放月票的黑色小皮夹，皮夹里面有张照片。正中间的男人脖子上的白色围巾迎风飘扬，相当帅气，他把手搭在两侧的年轻女孩肩上，露出笑容。不管是飘扬的白色围巾，还是奢华的格子西服，都让人一看就知道他是风头正劲的黑道人物。两侧的女孩身穿蓬蓬裙，头发被风吹乱，两人都把头靠在男人身上，看起来十分自豪，真是既可爱又年轻。三船敏郎曾在电影《泥醉天使》里演过黑社会，其中一个场景就是他脖子上围着飘扬的白色围巾在海边奔跑。看了那张照片，我被那种货真价实的冲击力震撼了，心想，三船敏郎到底还是假的啊。

"哪个是您的女人啊？""这位。然后，这是静冈的女人。"男人又给我看了另一张照片。身穿和服的女人抱着个孩子。

"这个孩子是？""我的孩子。""您结婚了吗？""没有，都十年没见了。女人嘛，看心情。毕竟我是干这行的，不可能老待在一个地方，偶尔去一次，她过得就像我随时会回去一样。女人嘛，是很重要的。有时候我也纳闷，怎么就能碰见这么好的女人呢？”“去看看她多好啊。”男人看着照片，沉默地摇了摇头。

“没脸去，现在这样没脸去。我已经不是从前的我了。”“大叔，您多大了？”“五十一岁。”“拍这张照片的时候呢？”“三十岁左右吧。人啊，可不能杀人啊。不管发生什么，人是绝对不能杀的。不过，我要再杀一个人，不杀死不瞑目。”“不要吧，不行啊。”我已经一点都不害怕了。“您不是刚说过不能杀人吗？”“不，要杀。”“不行啊。”

“不过，我马上要死了。”“为什么？”“你瞧。这里有个包吧？”

男人指着眉间。

那里有个像大颗青春痘一样的东西。

“脸的正中间长了东西就是快死了。反正也要死了，我要杀了那个人。”

我笑了出来。

“大叔，那是颜面疔疮啦。以前是很可怕的病，但现在只要打针就能治好啊。您真傻，那个很快就能治好，快去医院吧。”“啊？是吗？”“当然啦。”“欸？是这样啊。这张票上的地方，还没到吗？”“下下站就是了，到了我跟您说。”

男人看着和我同行的那位，竖起大拇指问：“这人，是你的这个？”“是啊。”“嗯，挺帅的嘛。”我的对象躲在《朝日周刊》的阴影里扭扭捏捏的，脸跟杂志贴得更紧了。

电车快到下北泽了。

“到下北泽了。”“啊，这样啊。”男人摇摇晃晃地站了起来。

“再见，大叔，要去医院哦。”“知道啦。”男人踉跄着从打开的车门下了车。然后他就那么站在站台上，好像感到很新奇似的环视着四周，接着，又摇摇晃晃地走了。

三十六层整层

我小学五年级的时候转学了。在那之前，我一直都待在一个年级只有一个班的山里的小学，所以对我而言，静冈就是大城市了。这个大城市中心的小学生，在我眼中格外时髦，班长山口君更是特别有都市范儿。短裤下露出细长的双腿，皮肤白皙，脸是倒三角形，下巴尖尖的。一双大眼睛水灵灵的，睫毛乌黑。我第一眼看到山口君就对他相当有好感。这个短裤下露出细长双腿，眼珠子黑溜溜的班长，颠覆了我认为男孩子就是野蛮粗暴的认知。

习惯了新学校的我，没多久就开始经常拿着扫帚，把身材瘦小、纤细文雅的山口君追到走廊的角落里弄哭。现在想来，可能跟男孩子把喜欢的女孩子弄哭是一样的吧。

我很少参加同学会，不过倒是从一直有来往的同学那儿打听过大家的消息。

“听说山口君在纽约。有十来年了吧。”

提到山口君，我的脑海中只能浮现那个皮肤白皙、眼珠子黑溜溜、身穿短裤的少年。

我第一次去纽约前，朋友对我说："一定要去见一下山口君哦。"虽然觉得对在外国工作的人来说，儿时的朋友来访可能会给他添麻烦，但我还是决定给他打电话。大概因为面对的是我曾拿着扫帚在走廊追着团团转的儿时伙伴，很有亲切感，所以没了顾虑。

在纽约的电话线路里，静冈方言接二连三地流泻而来。

"啊，刚好明天公司要搬地方，要不要一起吃午饭？我老婆也要来帮忙，她也想见见你。泛美大厦三十六层，很容易找到。"

"三十六层哪里？"

"三十六层整层。只要说找Mr.山口就行。我是老板。"

泛美大厦和三十六层都很好找。入口处有一位年轻的高个时髦美国女人，见到我就微微一笑，走到里面去了。雪白宽敞的办公室里有许多房间，很多美国人拿着箱子走来走去。一个胖乎乎、戴着黑框眼镜的矮个子日本人，全身带着笑意，朝我迎面而来。

"瞧，把公司做太大了，不得不租下整层楼。我带你转转。"

我不知所措地跟着他这儿转转，那儿看看，窥探着搬家中的各个房间，最后被带到了视野最好的一个房间里。从窗户可以看见白天的曼哈顿。

山口君身穿格子衬衫、牛仔裤，“扑通”一声坐进一张大椅子里，仍旧浑身带着笑意。小兔子变成大熊了。

“真是‘success story’（成功故事）啊。”我打心底里吃了一惊。

山口君拿了一份精美的全彩印刷的公司介绍给我看。折线图表清晰展现了营业额的变化，而且上面真的写着“success story”。

“真的是从八叠榻榻米大的地方开始的。现在，当地人已经有两百人了。”原来如此啊。美国人也会被称为“当地人”啊。

我不太了解具体情况，只知道他原本是被静冈的电脑配件公司委托负责开拓美国市场，结果一转眼就把公司做大到必须得租下泛美大厦三十六层整层了。

“同学里各行各业的人都有，不过好像没人像我这么成功的。”

山口君依然浑身带着笑意。

“我们去吃寿司吧。”他带我进了对街的寿司店。我们刚在吧台坐下来，厨师就大声招呼道：“生意怎么样啊，老板？”山口君一边用湿毛巾擦着手，一边大声回答道：“公司又变大啦！”

“我家在斯卡斯代尔，有时间的话，要不要来转一圈？”

去泛美大厦停车场的途中，同行的朋友小声告诉我：“斯卡斯代尔可是相当于东京田园调布的高级住宅区哦。”

车开了十五分钟，我们来到了郊外，四周的树木都挂满了金黄色的树叶，看起来十分耀眼。

在纽约的“田园调布”，我简直要怀疑自己看到的是不真实的。房前是一大片绵延开阔的草坪，金黄色的树木在草坪上洒落一片片金黄。

进入家中，美式格局的房子里，竟然是毫不造作的日本人的日常生活景象。他夫人拿着三件水貂皮外套，看起来和我家隔壁的隔壁的邻居家夫人没什么不同。和她比起来，公司里那个年轻的美国前台小姐，看起来倒更像有钱人。

山口君果然还是跟以前一样，眼珠子圆溜溜、水灵灵的，睫毛乌黑，眼中没有一点黑暗，也没有一点讽刺。

他坐在家中的沙发上，不管我们问什么都直率地回答。

“我身边一个有钱人都没有，所以真的很稀奇啊。”“是吧。”山口君大声笑道，那笑中既没有开玩笑的意思，也没有讽刺的意味。

屋外是秋天清澈透明的阳光，金黄的树叶也闪耀着光芒。山口君身上一点都没有在美日本人身上那种共有的张扬、焦躁或是强硬的自我保护姿态，他总是浑身带着笑意。一周中一半的时间都得在美国和日本之间往返，在这种杀人般的日程当中，他浑身带着笑意，拼尽全力地工作。

看到这样的山口君，有哪个人会觉得他讨厌呢?

别人的成功故事，其实可能并不会让人觉得有趣吧。但我真的一次都没感觉到他在为自己的成功沾沾自喜，我只是觉得很有趣、很开心、很稀奇，仿佛连我都分得了一点光芒，心情很好。

日头高照的明亮午后，山口君把曾经拿着扫帚追得他团团转的同学送回了酒店。

不过，那个像女孩子一样纤弱可爱的山口君，究竟是什么时候，又是如何变成如今这个全身光芒万丈、威风凛凛的男人的呢?

再也不去东京了

最开始说借宿二楼的芹泽君让人感觉毛骨悚然的人——是小姨。

芹泽君是从东北地区来东京的复读生，无论是出门还是回来，都静悄悄地从玄关出入，最初就给小姨一家人留下了不太好的印象。小姨家的二楼改造成了两个大约四叠榻榻米大的房间，住着上预备校的芹泽君和另一个刚上大学的学生，两人却从未有过交谈。小姨把早饭和晚饭送过去以后，两人会各自在不同时间独自在桌前吃饭，然后由我去把用过的餐具拿下楼。

对另一个学生，我已经完全没有印象了。

在走廊对面还有两间房，为了方便去美术学校上课，我就借住在其中的一间里。我算是小姨的家人，因此虽然和独自一人从东北出来的落榜生芹泽君住在同一屋檐下，但仿佛生活在两个世界。

“我端饭过去的时候，看到他正披着毛毯学习呢，真吓人。”我依稀记得小姨说这话时，正值五月中旬。到了七月，一到晚上，芹泽君就到屋顶上去乘凉。

“好奇怪啊。”虽然小姨这么说，但我当时觉得十九岁的男孩子淘气爬个屋顶也没什么大不了的吧。不过，在那之前，我和芹泽君完全没说过话。

小姨提出要通知他家人，是因为芹泽君在屋顶上披着块包袱皮，嘴里不停地嘟囔着：“须藤恶矢——”我姨夫名叫须藤良矢。

后来，芹泽君被他父亲带回了老家。

第二年三月，小姨家收到了芹泽君寄来的明信片，告知他考上东北大学的消息，最后写着：代问洋子小姐好。

仅仅是那么一件小事，芹泽君竟然没有忘记。为此，我当时觉得胸口闷闷的。

芹泽君要搬离寄宿处的事情确定下来，到他父亲来东京之前的这段时间里，我曾邀请芹泽君来我的房间，给他看画册和杂志。芹泽君还顺便看了我展开着的海报作业之类的东西，似乎觉得很新奇。我一点都不觉得芹泽君奇怪，在我眼中他不过是个羞涩的十九岁少年。芹泽君看着杂志里的一张照片，说了好几次：“这张有趣。”那是一张以蒙太奇的手法将人的眼珠子剪辑进红酒杯中的超现实主义照片，我对那张照片印象深刻。

第二天，我邀请芹泽君去看电影。因为觉得也许他稍微转换一下心情，就不会再去爬屋顶了。我当时可能是把自己当成他姐姐了。芹泽君磨磨叽叽地穿上了鞋子，小姨一脸不安地目送我们出门。

“想看什么？”“都行。”

找了找阳光有趣的电影，但没找到。于是我问他《安妮日记》行不行，他说好。电影一开始，我就觉得很不舒服，而身旁的芹泽君开始在椅子上晃来晃去。我问：“要出去吗？”他立刻回答：“嗯。”“我不喜欢被关起来的电影。”出了电影院，芹泽君说：“对不起啊，应该选个更欢快的电影的。”虽然觉得自己是大姐姐，可我也不知道接下来该怎么办了，于是我们坐上了回家的巴士。

在巴士上，芹泽君忽然说：“我要下车。”下车的地方在一座桥上。芹泽君死死抓住桥不放，说：“我不想回去。”

我劝他：“回去吧。好吗？好吗？”他还是说：“不想回去。”于是我抓住芹泽君的手腕说：“喂，回去吧。”芹泽君就故意装出被我拉着走的样子。不过就是这么一件小事。

后来，我给他寄了信，祝贺他入学。

那年暑假，芹泽君突然出现在我寄宿的地方，我惊讶得呆若木鸡。他已经完全长成一个成熟又充满活力的青年了。我和芹泽君在咖啡馆面对面坐着，看到那个披着包袱皮爬上屋顶的芹泽君变得这么健康阳光，我感到非常欣慰。

我当时已经大学毕业开始工作了，觉得自己完全是个大人了。“我可以常来玩儿吗？”芹泽君问。“可以啊。我秋天就结婚啦。希望你和我家那位能成为朋友。”我的声音兴许有些过于欢快了。

在日头高照的街道上，我与芹泽君挥手告别。

那之后不久，我收到了人生第一封情书，来自芹泽君。信的末尾写着：“我再也不去东京了。”

我觉得胸口一紧。不是为写了“再也不去东京了”的芹泽君，而是为十九岁时披着毛毯窝在房间里的芹泽君。那时他不过是来我房间翻了翻杂志，一起去看了电影，又在中途跑了出来而已。他如果在预备校能交到哪怕一个朋友，或者有个能说些无关紧要的闲散话的女性朋友，都不会喜欢上我吧。我比他大，又不是美女，也不是男生会倾心的类型。连那么一件小事，都能让他念念不忘，他当时真的是很寂寞啊。

过了好些年，小姨也让儿子寄宿在别人家了。

“太郎写信来说：‘好寂寞啊，帮帮我吧。’现在算是能理解芹泽君当时是有多寂寞了。要是那会儿能多关心他一点儿就好了。才十九岁，第一次来东京，肯定觉得这儿的人都可怕得像鬼一样吧。想骂‘须藤恶矢’也可以理解。”小姨这样对我说道。

收下吧

我在情侣酒店住过。

在情侣酒店庭院里的小公寓里住过。

房产经纪人带我去看房子的时候是晚上，那是个安静的住宅区，我很喜欢有经过精心修剪的花木丛的房子。

当时，我没注意到那个房子就是情侣酒店。因为那个装有电灯的富士见酒店的招牌坏了。

我在那儿住了四年。

我们刚结婚不久，冰箱、电视、电话全都没有。

没钱去旅行，我们就在天气好的周日买来车站便当，面对面坐在窗边，一边摇晃着身体，一边模拟火车开动“哐当、哐当”的声音，假装在坐火车。

我们一边念叨着“哐当、哐当”，一边往院子里边瞧，只见院子里放满了晾衣杆，晾着床单和浴衣。

竟然有和这些浴衣数量一样多的客人进出主屋，简直令我难以置信。

因为院子里一直很安静。

为人正派、声音清脆的高个阿姨，几乎不怎么说话、总骑摩托车去市政府上班的男主人，还有两个女儿和读大学的儿子。我实在想象不到这家人竟然会做情侣酒店这么大胆的生意。

那是个下雨天。

“可以帮我看一下店吗？”阿姨在门外，双手放在头顶挡着雨说道。

我心里七上八下的，有些忐忑。

我被带到主屋玄关旁的一间茶室里，这是我第一次进房东的家门。“警察叫我过去一下，说是在当铺里发现了我家的电风扇。警察通知之前，我完全没察觉。一检查，才发现二楼房间里的电风扇全都没了，六个房间都是。也不知道是什么时候，被谁偷走的。应该是用绳子从二楼下来逃到公园里的。要是有客人来，这里全都准备好了，你只要帮忙把茶端过去就可以。”

我就老老实实地在茶室等着了。

我心想：要是有客人来就麻烦了，要是没客人来又挺无聊的。

只来了一组客人。紧张的不仅仅是我。

年轻男子像是刚满二十岁，看着不怎么机灵，年轻女子长得胖胖的，看起来像是在乡下有四五个小弟弟的样子。两人都满脸通红，低着头扭扭捏捏的。

我忽然像被冲昏了头一样，问："第一次吗？"年轻男子一动不动地直直站着，说："第、第一次。"

我上了二楼，打开最里面房间的隔扇门。

两条并排的被褥，占据了我的视野。六叠榻榻米大的房间里，被褥旁还有个小小的矮脚餐桌。

我赶紧提了热水壶，端着放有茶杯、茶壶的托盘回来，站在隔扇门外大声说："茶在这里。"

自那天起，我就常去主屋的茶室玩。

星期三下午三点左右，茶室里肯定有人在。是个和我母亲差不多年纪的女人，每次都"扑通"一声在茶室里坐下。

她圆圆胖胖的脸上总是化着妆，只要她在，茶室里就有一股香粉味儿。

过一会儿，就会来一个六十岁左右的人。那人穿着印有商号的和式短外套，斑白的头发剃得很短。我只见过那人的背影。

"来啦来啦，是个好人啊。"房东阿姨说完，那女人就"嘿哟"一声站起来，晃悠着胖胖的屁股走出了茶室。

她的背影很像我母亲。我总觉得有一阵带着腥味的海风疯狂地吹打而来。

楼梯发出缓慢的嘎吱嘎吱声。

有一天，那个女人又坐在那儿。

她没系和服腰带。

只是合拢着和服。

房东阿姨起身去收洗晒的衣物了。

“你不生孩子吗？”她这样问我。我当时讨厌这种话题。不记得自己是怎么回答的了。

“女人可不能不生孩子啊。”

“阿姨你呢？”

那个阿姨没回答。

然后，她摸了下我的手，说：“你有双漂亮的手。”

她的手指又肥又短，看起来很壮实，其实非常柔软。

手指上戴着一枚珍珠戒指。

她突然摘下那枚珍珠戒指，套在我的无名指上，说：“这个给你，是真东西哦。”

我吓了一跳。

“不行啊，这么贵重的东西。”

“没关系，送给你。”

这时，房东阿姨回来了。

“这可怎么办啊？她说要送我戒指。”

我笑着向房东阿姨求助。

“收下吧。”房东阿姨像下命令似的说道。

那人就用她那柔软的手，包住我的手。

这时玄关的门嘎啦嘎啦地打开了。

“来啦来啦。”房东阿姨说道。

那人就拢着和服前襟，缓慢地站了起来。和服下摆稍稍拖在了榻榻米上。

楼梯发出嘎吱嘎吱的声音。

“谢谢。”我在茶室里喊道。

“收下吧。”房东又一次命令似的说道。

“她说喜欢你。说是很像。”

“像谁？”

房东阿姨没回答。

要是真东西就麻烦了，我翘着戴戒指的手指，看着那枚戒指想。

我在那间茶室里，看了东京奥运会的马拉松比赛。

我的眼前有两个屁股。一个包着灰色的紧身裙，另一个则穿着黑白相间的竖条纹紧身裙，裁剪都相当出色。而我一年到头都穿着松松垮垮的牛仔裙。我无法将视线从这两个屁股上移开。

到了冬天，这两个屁股会穿上黑色外套，外套上没有纽扣。一件肩部展开得很宽，另一件腰部收得很紧。

两人有时会提起那家剪裁考究的服装店。

“总之就是很挑剔。毕竟是艺术家嘛。”

“用做一件衣服的布料，就能做出大衣和裙子哦。”

“口袋和纽扣洞是不做的，说是形会垮掉。”

当时还是学生的我，与定做服装的家庭无缘，只希望工作后能请那位裁缝做衣服。简直是近乎悲壮的决心。

那是毕业后第六个年头。因为我想做件大衣，就有人介绍了家服装店给我。朋友带我到集中住宅区的一户人家。

在堆积得乱七八糟的杂物中，我看到了那个人。矮矮的个子，圆滚滚的身材，乱糟糟的头发用头巾包在头顶。虽然穿着裙子，但仔细一看，其实只是把做成筒状的一块针织面料剪了一下，裙子下摆都没逢。她在腰间系了一根绳子固定。

“我可不是谁的衣服都给做的。因为如果看不到那个人的生活，就无法形成对那个人的印象，我就没法做出专属于那个人的衣服。”两个年幼的孩子在房子里跑来跑去，而她目不转睛地盯着我的脸。

她为我做的那件黑色大衣，有一个大大的兜帽。好像外国那些公子哥儿衣服上才会出现的兜帽耷拉在肩膀上，前襟深深交叠，大衣的正面就变成了双层的。里子是厚厚的丝绸，因此相当暖和。然后，最重要的是，这件大衣相当有格调，板型很美也很好穿。

穿上这件带大兜帽的黑色大衣，我看起来都有点戏剧性的气质了。

在曾经度过一个冬天的德国街头，我的那件大衣不知获得了多少陌生人的夸奖。

在那件外套做出来之前，山本女士打了好几个小时的电话跟我确认，直到我彻底信赖山本女士的艺术信念。接着是一次又一次细致的打样。这件大衣，比任何人的大衣都要暖和、有型，而且使用了几乎超越了流行的崭新的漂亮板型。

后来，我又用在丹麦买的布料，让她帮我做了件夏季的连衣裙。针脚只有一处，展开就成了个大圆，到现在我都不明白的是，她是怎么只用了一处针脚就做出一件衣服的。

我想做件西装，就带着布料去找她，结果却被她做成了大衣和半身裙。

“因为大衣适合你。”

想用防水帆布料做件连衣裙，却被她做成了斗篷。“我一直想做件这样的斗篷。后面的喇叭形线条，怎么都觉得只有你穿才适合。”

丝绸大衣的高领能遮住半边脸，袖子是半圆形的，一个针脚都没有。收纳它的时候，为了不让领子折了，我会把从玩具店买来的粉色大球塞进领子里。

山本女士从不妥协。她总是不管不顾地推行着自己相信的理念。一旦和别人出现意见分歧，她就会很不高兴。但社会在慢慢地，不，也许是在急速地改变。

虽然山本女士设计的衣服过于严肃庄重了，但她希望能够对抗这个世界。如今全世界的人都在买便宜衣服，穿了就丢，TPO[①]已经不存在了。山本女士在电话里连续好几个小时倾吐愤怒，热烈地诉说着“真东西”是不变的。我都有点

---

① T:time，时间。P:place，场所。O:opportunity，场合。该词主要用于服装行业，意为符合时间、场所、场合的服装。

听累了。

想做西装的布料变成了大衣，而剩下的一半布料直接做成了燕尾服，我慢慢倾向于购买那些到处都有卖的、便宜轻便的衣服，与把服装视为人生大事的生活分道扬镳。

我有时会想起山本女士缺了的门牙，她穿着丈夫的运动衫，扛着缝纫机的肥胖背影随之跃然眼前。就这样过去了差不多十年时光。

我已经懒得考虑衣服的事了。我早已失去了去买衣服，以及在大量过剩设计中做选择的精力。于是，我打算请山本女士帮我设计一个板型，让我可以一整年都穿相同款式的衣服，只更换一下布料。

时隔十年再见山本女士，她还是那么年轻，仿佛十年的岁月根本不曾存在。

当年跑来跑去的孩子们，已经大学毕业了。山本女士给他们穿上了完美契合体形的衣服。这些衣服上既没有口袋也没有纽扣，非常漂亮，依然是当年那种超越了流行的独特风格。

山本女士否定了我的提案。“服装不是那种东西哦。同样的板型，用不同的布料做一做，我可做不到。”山本女士从成堆的*VOGUE*杂志里拿出一本翻开：“看这个，肩膀的线条多美啊。”的确是很美的线条。但是，那本*VOGUE*是十年前的*VOGUE*。肩膀的线条大概永远都是美的吧。说话间，我提到了三宅一生的名字。山本女士用激烈的语调向我挑衅道：“那是谁？我不知道。流行和真东西是没关系的。我是这么想的。难道不是这样吗？！”

可能是吧。我穿着十年前山本女士做的大衣。用山本女士最讨厌的混搭穿法，解开连纽扣的位置都不允许有一厘米误差的交叉前襟，系了条宽大的腰带。

这件哪里都没磨损、哪里都没走形的庄重大衣，我大概会穿一辈子吧。

小田岛先生是个武士

安吉莉卡是个十九岁的大块头女孩。一头浅浅的金发像棉花糖一样蓬松，总系着一个浅色的蝉翼纱质地的蝴蝶结。虽然有着一头宛如金色烟雾的头发，丝袜下却长着像是被台风吹倒的杂草一样茂盛的漆黑腿毛。紫罗兰色的瞳孔四周涂着黑黑的睫毛膏，小巧的嘴唇上也仔细地涂了口红，但略微涂出了嘴唇边缘。

安吉莉卡是我朋友任教的柏林大学日语系的学生，朋友向我介绍她时，刚要说她“非常优秀”，又改口说“非常热心”。安吉莉卡弯下身高超过一米八的身体，像是要保护二十九岁的我。

我总是把脸朝向天空，听着安吉莉卡那仿佛从远处传来的铃声般清澈的声音。

“妈妈和我邀请你来我家。请一定光临。”

用来招待我的是安吉莉卡的房间，房间里摆着两张床，几乎占去了全部的空间。安吉莉卡的母亲睡在其中一张床上。安吉莉卡的母亲因为得了肾病，总是整天躺在那张床上。安吉莉卡的母亲化着精致的妆容，身穿红色衬衣，戴着闪亮的项链。然后，她直起上半身，用仔细做过美甲的手与我握手。

“妈妈会担心的。”“我得给妈妈准备饭菜。”“我得和妈妈商量一下。”“妈妈一定会高兴的。”“妈妈不会喜欢的。”

我朋友说：“都二十岁的人了还恋母，有点奇怪哦。”我时常被叫去安吉莉卡的房间。她母亲总是化着精致的妆容。正在学习日语的安吉莉卡和我用日语交谈，听到我们俩的日语，她母亲以温柔的眼光看着安吉莉卡说：“就像两只小鸟的歌声。”

安吉莉卡对母亲任何细微的表情和身体动作都会给予回应，那副认真的模样叫人心里一揪。我当时想，即便自己最重要的人生病了，我也无法做到像她这么用心周全吧。

安吉莉卡的母亲给我看过一些她的老照片。安吉莉卡的母亲曾经是电影演员。照片里也有她童星时期的照片。我不清楚她是否有名。看她少女时代的照片，我感觉和安吉莉卡没有一点相像的地方。

母亲从床上起来去了厕所，藏在被子下面的下半身什么都没穿。因为一直以来，她都只以上半身招待客人。

安吉莉卡对东方以及日本的兴趣和热情，令我觉得有些异常。她说她曾有个恋人叫水野，但是他回日本去了。“水野先生是个武士。”我出生以来从未见过像武士一样的日本男人，于是心想：可能水野先生是像三船敏郎那样的男人，也许是比耸立的安吉莉卡还要高大的男人。

有一天，安吉莉卡在我的房间里哭了起来。

“妈妈的病越来越严重了。去年还能坐在阳台喝茶、吃点心，今年已经没办法去阳台了。”

安吉莉卡眼睛周围的睫毛膏融化成了一团黑色，顺着眼泪流了下来。她坐在我的床上，默默将其擦掉。她母亲曾说：“安吉莉卡非常内向，简直像日本人一样。”可我觉得像安吉莉卡这种有着文静气息的女孩，可能在日本都已经找不到了。没有父亲，独自和母亲生活的安吉莉卡，从没像一般的年轻女孩那样到处玩耍，也从不大声笑，不只是因为她性格内向，也许还因为她对母亲正在日益接近死亡这件事感到恐惧。

可是，对于一步步接近死亡的母亲而言，拥有像安吉莉卡这样的女儿，是多么幸运的事情啊！安吉莉卡总是一放学就直接从学校回到母亲那个连桌子都没有的小房间，在床上查着日语字典，安静地生活着。

有一天，我介绍了朋友小田岛先生给她认识。小田岛先生年过四十，是地方上某产业实验所的设计师，来柏林留学一年。他在钱包里放了夫人和两个孩子的照片，每周三给家人寄信，简直是个教科书般忠实的人。

小田岛先生被邀请去了安吉莉卡的房间，跟安吉莉卡学习德语。不知道持续了多久，可能就那么两三次吧。

“我感觉很困扰。她妈妈就在旁边，两个人一直死死地盯着我瞧。”

有一天，安吉莉卡对我说：“小田岛先生是个武士。好棒。”

安吉莉卡喜欢上了小田岛先生。我当时好像沉默了很久。觉得小田岛先生不是那种会干出花花公子行径的人，是安吉莉卡擅自创造出了一些幻想。我沉默了好久后问安吉莉卡：“你觉得小田岛先生多大了？”

“二十五岁左右吧。”

“日本人真是很显年轻吧。小田岛先生已经年过四十，有两个孩子了，孩子非常可爱。他给你看照片了吗？”

安吉莉卡沉默着离开了我的房间。

不久后，我去了安吉莉卡的房间。安吉莉卡正坐在母亲的床上哭泣。母亲像安慰小女孩一样地抚摩着安吉莉卡的头。安吉莉卡不看我的脸，径自出了房间。

她母亲对我说：“安吉莉卡非常内向，和德国男人大概没法交往吧。男人都喜欢漂亮的女孩子，我也讨厌丑陋的女孩子。”

安吉莉卡的母亲用了“hate”这个词。当时，安吉莉卡母亲的脸扭曲着，用整张脸表达着“hate”。

“她应该和日本人结婚。我从没见过像安吉莉卡这么丑的女孩。”

我也从没见过一个曾经那么美丽的人做出如此丑陋的表情。

我是不是应该让小田岛先生一直保持着二十五岁单身的武士形象，在安吉莉卡的幻想中淡淡地存在下去呢？直到现在，想起这些我还是会觉得心疼。

哲学女，雪白女

我曾在银座的商场里打工做售货员。那是我二十岁的冬天。

在营业到晚上九点的细长型商场里，从傍晚六点开始的三个小时，我站在丝巾的玻璃柜台前卖丝巾。

我发现光站着会累，最初的一个星期，腿肿得很厉害。于是我把一边的腿抬起来，试着轮流让两条腿休息，结果发现单腿站更累。

然后就习惯了。

我是个非常热情的售货员。

客人络绎不绝，丝巾卖出很多的时候，我不由得喜形于色。虽然我并不会因此多赚钱，但给盒子包上包装纸、系上丝带之类的事，我也都尽量漂亮利落地完成。

比起和我一起被分配到丝巾柜台的另一个女孩子，我这个店员要好太多了。首先，我从没迟到过，而她几乎每天都迟到。

而且，无论前辈教了多少遍，她还是做得又慢又不好——把包装纸弄变形，重做又把纸弄得皱巴巴的，被前辈赶到一边后一脸要哭的表情。

她总是一边慌里慌张地擦着汗，一边跑进卖场，因为前辈投来的冷眼而感到无地自容。

此外，她一天到晚都在琢磨哲学。

一有空闲，她就凑到我身旁，突然说："你觉得纯粹靠理性可行吗？"或者是："历史和时间是不同的。"她对这个世界上的事情全都视而不见、充耳不闻。

当这个世界突然把丝巾递到她面前时，被中断了哲学思考的她就与世界展开殊死搏斗；但当这个世界的包装纸到她手里时，她就会立刻把它们变成皱皱巴巴的废纸，仿佛和这个世界迷路的人一样。

"那个人又来了。"我说。

在我的柜台前，坐着一个看上去将近六十岁的女人。脸用香粉涂得雪白，嘴唇仿佛贴在脸上的两朵鲜红的玫瑰花瓣。雪白的脸上方，戴了一顶有假花装饰的黑帽子，帽子上的黑色面纱垂下来，挡在她眼前。戴着蕾丝手套的双手叠放在膝盖上，身穿缀满紫色小花的羊毛连衣裙。

她像是在找人似的伸着脖子，嘴角带着微微的笑意。

"哪个？"哲学女看向那个女人，但雪白的女人似乎并没有进入她的视野。

“你觉得人类的终极理想是什么？”

雪白的女人好像找到了要找的人，露出了明显的微笑。那个微笑的目的地是个年轻男子。雪白的女人站了起来，视线始终没有离开过年轻男子。接着和年轻男子一起走了。

可能是约好在这儿碰头吧。

圣诞将近，卖场开始忙碌了起来。到处人头攒动，我对售货员的工作越来越有热情。

哲学女即使在这种时候也还是经常迟到，工作心不在焉的。

哪怕是再忙碌的日子里，也有客人一下子少了很多的时段。

回过神时，发现雪白的女人正坐在长椅上，身穿皮草大衣。

她伸着脖子微笑着。

“又来了，那个人。”

我对哲学女说。

哲学女看了雪白的女人一眼，又沉默地专心思考哲学去了。

雪白的女人面带笑容地站了起来。

又是跟人约好在这碰面吗？站起身的女人，和一个高个子的男人一起走了。

然后，过了一会儿又回来了。

怎么回事？雪白的女人又一次坐在了长椅上，微笑着看向远方。

“那个人在猎男人呢。”我对哲学女说。哲学女正全身心沉醉在哲学里，没听见我说的话。

之后，客人又多了起来，我就忘了雪白的女人。

闭店音乐《萤之光》响起，我们给柜台盖上了白布。

眼前的长椅上空无一人。

哲学女被叫去了事务室。

回来后，她看上去似乎比以往更沉浸于哲学了。

“怎么了？”

“被领导教训了，让我别迟到。”

很快就到了圣诞前夜。丝巾在玻璃柜台上摆得到处都是，我只顾着给包装纸系丝带，连收拾的时间都没有。

隔着拥挤的人群，我瞥到了那个雪白的女人。

我没空慢慢观察她。

我不停地给包装纸系丝带。

当我取出弯下身子的客人指的丝巾时，视线越过玻璃柜台，隔着客人的大衣看到了雪白的女人的腿。女人的脚上穿着一双装饰着大蝴蝶结的干净的黑色漆皮鞋。

随后，我又把女人抛在脑后，继续不停地包装丝巾。

《萤之光》响起，客人陆续离开。

我因为忙碌到几乎呆滞而兴奋。正打算给柜台盖上布时，我看了看眼前的长椅。雪白的女人正坐在那里。

店内几乎没有客人了。

每个柜台都被匆忙地盖上了白布。

雪白的女人依然坐在那里笑着。

那个女人看到了我。

那个女人歪着脑袋注视着我。

两片鲜红的玫瑰花瓣，向着两侧延伸开去。

这样的笑容我从来没见过，我被深深地吸引了。随后，我也笑了。

女人站起身，向我深深低下了头。

然后转身背向我走了。

雪白的女人慢悠悠地朝着出口走去。外面下着雨，天色很暗。

女人的身影逐渐消失了。

我的身体无法动弹。

“我刚被告知明天不用来了，被炒鱿鱼了。”

哲学女来到我身边说。

我如梦初醒般看着哲学女。

原来这个人这么矮小啊!

原来这个人这么胖啊!

这个人究竟多大年纪呢?

这个人今后会如何活下去呢?

啊——哎呀呀

“你听我说啊。我准备把健的被子拿出去晒一下，结果发现被子下面密密麻麻地铺满了小黄书唉。”“哈哈哈，不是挺好的吗？”“我简直快吐了。”“都是哪些书啊？”“《某某秘话》呀，《苦闷女子高中生》呀。他才上初中二年级！”“不是很正常吗？那你怎么处理的？”“全扔掉了。”“如果是从谁那儿借来的不就糟了？”“管他呢。明明在看小黄书，昨天还钻进我被窝，说只有妹妹和我一起睡不公平，把他妹妹挤开，在我床上睡了。老公半夜回来看到，笑着说：‘哎呀呀，真事儿小子今天在这儿休息啊。还挺可爱的嘛。’开什么玩笑！”“那孩子活泼又开朗，是个挺不错的男孩子嘛。”“开朗过头了，叫人担心。我每次去学校，老师都跟我说，他上课的时候特别吵，总打扰其他孩子上课，真让我发愁。不过，这位老师之前还晚上打电话过来跟他说：‘现在电视6频道上出来一个跟你长得一模一样的家伙，赶紧去看。’我们就去看了，那人长得就跟土豆上长了双下垂眼似的，只要在那儿待着什么也不做就让人想笑。真是长得一模一样呢。那个老师对他还挺上心的。”“被人喜欢也是才能啊。”“那孩子，通讯录比考试成绩好看。”“他一辈子都会受人喜欢的。”

十四岁的真事儿小子，十八岁的时候上了九州的大学，住进了学校宿舍。

“啊——哎呀呀。光是不用看到他的脸我就高兴得要笑出来了。不用看到那个身形笨重、讨厌学习的家伙，真爽。话说回来，为了那孩子真是花费了不少钱和精力。从公文[①]开始，到练习册、补习班，还有个什么通信批改作业，全都没用。后来找了个哲学系的阴郁家庭教师，每次来我家就一脸忧郁地弹吉他，弹个没完，一点儿回去的意思都没有。你知道他吧？最后找的是那个东大学生，柔道四段的筱原老师。筱原刚来我家就非常拽：‘我很贵哦。但我自信我配得上这个高价。’结果一年后，我拍着桌子冲他怒吼：‘我说，这怎么回事啊？自老师你来了之后，我家孩子的数学分数就从3降到了2，能告诉我原因吗？’父母和家庭教师都一脸阴沉，他本人倒是还挺高兴。也不知道是不是缺了哪根筋，

① 本部设立于日本大阪的补习班，由日本教育研究会运营。也指此研究会提倡的公文式学习法。

他真让我操了不少心。不过，船到桥头自然直。听说那孩子的学校里几乎全是渔民的孩子，他在里面看起来最像本地人。他说自己是从东京来的，大家都让他别说瞎话呢，根本没人相信，他给我讲这些的时候还兴高采烈的。特别合他的性子，所以他特别兴奋。啊——哎呀呀，幸好他体格还算强壮。啊——哎呀呀。”

第一个暑假，儿子变得更加健壮地回来了。

“健回来啦。嘻嘻嘻。”“开心吗？”“还行吧。他现在在打工呢。那工作可有意思了，你也过来看看吧。”

我花了一个半小时去看了看。

“整个做一遍要两个小时呢。在阿姨面前做也不赚钱啊。”

“来吧来吧，就当练习了。”

他打工的内容是把一套价值四十万日元的教育器材和参考书卖出去。

“首先要说服孩子。就这样，把这幅画给他们看。这幅画就是你的班级。这边的粉红色区域里全是非常懂学习的人，旁边是稍微懂点的人。这边是完全搞不懂的人，你看，脸色也很苍白，还有人睡着了。然后我会问他：‘你属于哪个区域呢？’接着孩子就会说自己是属于某一个区域的。阿姨你要选哪个？啊，这里啊，这个区域的孩子啊，说句实话，即便来学校学习也是浪费时间。但是，你就这么接受现状了吗？对方一定会说：‘不行。’那该怎么办呢……那么，这位 ×× 君可以帮到你哦。我就翻到下一页开始进行说明。接着我会说：‘每天的积累很重要，学习就是积累，懂了吗？’”

他母亲和我都哈哈大笑起来。

“确实是这样啊，健，啊哈哈哈哈。”

“进行到这里的时候，孩子就会说：‘我想试试。’我可是让所有孩子都说了想试试哦。接下来就是孩子的母亲了。您孩子说想试试看，这位妈妈，您打算怎么做呢？然后对方就会说：‘毕竟是四十万日元，我去跟老公商量一下。’我的业绩是最好的，东大啊一桥啊那些家伙完全不行。有三户人家来找我做家庭教师呢。而且每一户人家都要我吃了饭再走。”“那你是怎么做的？”“吃了再走啊。他们还叫我喝酒呢。”“没有遇到那种满口大道理的家长吗？”“比如？”“日本这个学历社会的矛盾啊，偏差值[①]的弊端啊，教育的本质是什么啊，之类的。”“即便这么想，他们也更热衷于让孩子提高分数，哪怕一分都行，唯一的问题就是钱。我就跟他们说，只需要每天十五分钟的积累，让孩子考上东大对你来说就不是梦，慢慢感受到乐趣之后，孩子自然而然就会主动学

① 日本人对学生智能、学历的一项计算公式值。

一个小时甚至两个小时了，学习这件事，懂了就很有趣哦。这都成我的口头禅了。我要去下一家了。跟阿姨聊了这么半天，我都损失不少钱了。”

然后，他就抱着装有宣传册的袋子跑出去了。

“哎呀，了不起，了不起。真是说服人的天才啊。”“五分钟的积累听起来就不太行，但那家伙一说十五分钟的积累，不知怎么就有了一种怪异的现实感。真不可思议啊。那孩子不管到哪儿都能活得下去。我跟你说，孩子可真是有意思。有段时间我还很担心他会变成什么样子。啊——哎呀呀。”

然后，到了寒假。

“健回来了吗？”

“回来啦。放寒假以后，我给学校宿舍打了电话，结果他已经不在那儿了。后来他从大阪打来了电话，说是在打工。然后昨天，他带了两根超级好吃的手作火腿回来了。说是前辈介绍他去餐厅打工了。那家餐厅连蔬菜都是自家种的，健的体格那还用说嘛。他去了以后立刻就成了农田的负责人，整天在田里挥舞锄头。然后，来了个奇怪的老爷爷，说自己要干活。健大喊：‘像你这样的老头干不了。’但对方一直纠缠不休，非要干，健只好让他干了，自己坐在一边看他挥舞锄头。结果工场长跑了过来，脸色铁青，把健给骂了一顿：‘你怎么能让社长干活，自己坐着玩儿？’健吓了一跳，他根本不知道啊。健很困扰地对社长说：‘您应该告诉我您是社长啊。’结果社长对他说：‘你声音这么大，明天开始去大丸卖火腿吧。’那家餐厅的火腿也是自家做的，味道非常好，就干脆建了个火腿工厂，开始卖火腿了。于是，健第二天就去了火腿卖场，大喊‘苦战二十年终于完成的手作火腿’。在‘苦战’和‘终于完成’这两处特意喊得更大声。结果火腿热销，健的柜台人头攒动，特别热闹。隔壁刚好是丸大火腿的柜台，丸大火腿柜台的男人把健叫了过去，问他在那边拿多少钱，健回答后，对方说：‘我们出高出一倍的薪水，明天来我们这儿干吧。’健说如果没有对前辈的义气在，真想去丸大干。”

“健真厉害啊。你完全不用担心了。”

“他还给他妹妹零花钱呢。嘻嘻嘻，这孩子可真有意思啊。”

真可惜啊

最小的妹妹出生时，我十二岁。

我不记得自己是否期待过新生婴儿的到来，但也并没有特别抗拒。

我只不过是对是男是女抱有好奇心罢了。

盛夏的正午，妈妈在农田中间的小家里生下了孩子。

是个女孩。

在隔壁房间等待的爸爸，听说是女孩，轻轻地咂了下舌，说："女孩儿啊。"

接连两年，爸爸和妈妈已经失去了两个男孩儿。

第二天，来我家前面的田里除草的男人，站在田里对待在家里的爸爸大声喊道："利一，真可惜啊！"对于轻声咂舌说"女孩儿啊"的爸爸，我很担心他会不疼小妹妹。

小我十二岁的婴儿出生后，我突然站在了监护人的立场上。

我的任务是去河边洗尿布。我不喜欢在河边洗尿布。不知怎的就是很生气。冬天就更讨厌了。

但是，只要妹妹一哭，我就会条件反射地把婴儿绑在背上，也学会了婴儿一睡着就弯着身子悄悄让她着陆在被子上的绝技。还自然而然地学会了在换尿布的时候单手提起婴儿的双脚，迅速地把要换的尿布从她的背后塞到身下。

我不管去哪儿，都把妹妹绑在背上背着。

我上高中的时候，妹妹在上幼儿园。

下雨的时候，我就拿伞去接妹妹，甚至还请假去接过。

即使是天气好的时候，我也是一有时间就去幼儿园门口等妹妹出来。妹妹自出生以来就一直瘦瘦小小的，走到哪儿都是体格最小的一个。格外娇小的妹妹混在孩子们中间，在她看到我的脸而露出笑容之前，我已经在笑了。

我还有一个妹妹和一个弟弟，但我只对这个年龄相差颇大的妹妹格外“溺爱”。

这件事是妈妈告诉我的，所以应该是真的。妹妹要在幼儿园的汇报演出中扮演《小红帽》里的外婆，我很不满，我觉得她应该演小红帽啊。

因为我觉得，妹妹明明比那个演小红帽的女孩儿可爱多了。

我在妹妹的毛衣上绣了蝴蝶，妈妈把自己的藏青色半身裙给她做成连衣裙之后，我还在裙子胸前缝了两个贴花。我非常骄傲，觉得妹妹穿上那件连衣裙后真是太合适、太可爱了。包括我在内的三姐妹中，毫无疑问，妹妹是最漂亮的。听到别人夸奖妹妹漂亮时，我都十分得意地认为夸她是理所当然的。

我去东京时，妹妹还是小学生。偶尔回一趟家，妹妹会从玄关飞奔而来，和我在门口紧紧抱住。妹妹那时候还是瘦瘦小小的。

我结婚时，妹妹上小学六年级。新婚时，我想在家附近的山上新建的酒店住住看，就去住了。

妹妹一大早就从家里出来，爬了一个小时的山路，来到我们的房间。妹妹第一次见酒店的浴缸，觉得非常稀奇，脱光衣服进了浴缸。就算我们在一旁偷看，她也一直开心地笑着，在我看来，妹妹和幼儿园时相比一点儿都没变。

然后她挤进我和丈夫之间，吊在我们身上哈哈大笑。我觉得妹妹可爱极了，但还是考虑到丈夫，给她使眼色表达困扰。

这样的妹妹如今也已经三十六岁了。因为仍旧瘦瘦小小的，所以显年轻，虽然已经成了人妻，但她和我儿子在一起时，还是偶尔被误以为是姐弟，我觉得实在是太夸张了。

第一次见我和妹妹的人，都会惊讶地问：“欸？真的是姐妹吗？”就没碰到过不惊讶的人。然后他们肯定会说：“完全不像。”这种时候，比起觉得妹妹真可爱，我想得更多的是：我有那么丑吗？我还是希望对方不要这么惊讶。

长大后，妹妹对我说过这样的话：“姐姐是长女，不懂妹妹的立场。因为会命令姐姐的人就只有爸爸和妈妈啊。但是我除了他们之外，还得听姐姐、哥哥、道子姐姐的命令。”

我吃了一惊，在此之前，我从未想过这些。比如我曾经理所当然地说“把蜜柑拿过来”或“不许 × ×”之类的话。对这些事，我甚至都不记得了。为什么不早跟我说呢？我觉得很抱歉，但已经来不及了。

“还有，咱们爸爸到底是什么人啊？居然说‘怎么会有人像你这么黑’这种话。姐姐你也对我说过：‘你皮肤黑，穿什么都不合适。’我非常不舒服。”这番指责也让我非常惊讶。

因为我曾好几次看见爸爸一副完全不是咂着舌说过“女孩儿啊”的样子，把小小的妹妹夹在膝间，一边用下巴在妹妹的河童头上来回磨蹭，一边说：“你出生的时候，狩野家的阿保还在田里大喊‘真可惜’来着。怎么可能会觉得可惜呢。”

“爸爸不是一喝酒就说你是 × × 镇的小町[①]吗？不记得了吗？全家人都觉得你是美人啊。”

“欸？爸爸说过那种话吗？完全不记得了。”

“爸爸也说过道子脸凹凹得跟洗脸槽一样，但也夸过她皮肤白、很可爱啊。爸爸对我才是最过分的。他经常像念经似的重复说：‘你长得不好看，一定要有一技之长。这遗传真不好。’是他自己光记得不好的事啦。”

“姐姐你以前超级爱找人麻烦的。我只要一进昏暗的房间，就看到姐姐的脸变成一个小小的点飘浮在空中，那张脸上的表情也非常恐怖。我想我小时候是对哥哥姐姐们产生心理障碍了吧？”

① 此处指小野小町，日本古代美女，“小町”引申为日本人对美女的通称，类似中文中的西施。

请踢着裙子走路

“你们年轻，请踢着裙子走路。”高中刚入学时，班主任光江老师说。其实不只是入学的时候，老师后来也经常说“请踢着裙子走路”。

听到这句话，身穿水手服的女学生就会扭扭捏捏地动动身子，脸上带着笑意。

面对不霸气的女学生，老师似乎很气愤。

这位总说“请踢着裙子走路”，毕业于津田塾大学的英语老师，大概已经年过五十了。

校长和年轻老师换了不少，唯有光江老师绝不从这所学校转去其他学校，她就好像是这所学校的象征一样。

她个头小小的，一年到头都是黑色紧身半裙配褐色毛衣和开衫的打扮，到了夏天就穿立领白衬衫。

她把头发全都拢到一起随意地扎在脑后，不过有个流传多年的流言说其实那是假发。然而，谁都没有证实过这个流言。

“今天光江老师的头发好像有点过于偏后了。”“注意到了吗？老师好像有两个假发，一个平时用的，一个外出用的。教学参观日那天是外出用的，有点偏褐色。”虽然我们会偷偷在背后讲这类话，但内心由衷地尊敬着老师。

记忆模糊不清的高中时代，唯有光江老师给我留下了鲜明的印象。

“我在学生时代读了托尔斯泰的《战争与和平》。坐在书桌前，从傍晚开始读。读啊读啊一直读，回过神来已经是早上了。我直接没去上学，然后就坐着一直读下去，一直坐在那儿读。伯伯来看了一次情况，我甚至都没转身。一整天在那儿读啊读啊一直读。直到第二天清晨，读完了最后一页。”

学生们都感到不可思议。

“这就是青春啊。”

但是在我们这些学生里，大概没人像老师那样在那么年轻的时候一个劲儿地读托尔斯泰吧。我感觉到了老师那种焦躁的心情。

我很喜欢老师。

老师也知道我喜欢她，我甚至觉得老师也很喜欢我。当我在图书馆里大言不惭地谈论自己一知半解的萨特和波伏娃时，有老师陪伴我，当我的听众，这让我觉得自己仿佛已经是个大人了。

我曾经希望变得像老师一样。因为我也想获得知识和修养，然后拥有一份职业。

我知道老师的丈夫是大学老师，他们的两个女儿也都考入了津田塾大学，但这些都不是从老师口中得知的。老师从不谈论私生活。

这种坚决地将公私区分开的态度，在我看来就是一种智慧女性的分寸。

我毫无留恋地从高中毕业，来到东京，沉浸在自己的生活里。

上大学期间，我曾去老师家拜访。

我是和一位高中时与我同级、正在大学攻读历史专业的高才生同学一起去的。老师把汉堡肉和炸薯条盛在一个盘子里招待我们。

因为我去了美术学校这种属于和老师完全不同领域的地方，所以当时老师似乎都在和那位做学问的高才生聊天。“我现在打工的工作是给平凡社的《大百科事典》做索引。成书之后我的名字也会出现在书的最后面呢。”当朋友这么说时，老师看上去十分欣慰。我感到有些焦躁。“我现在在重新学习莎士比亚。我已经上年纪了，真是太可惜，太可惜了。”老师已经过了退休年纪，已经不去学校上课了。

结婚后，当我穿身后有拉链的衣服时，会让老公帮我拉上拉链。每次我都会想起光江老师。

说“请踢着裙子走路”的老师，还说过“女人不该穿身后有拉链的衣服。要让谁帮忙拉拉链啊，老公吗？当然不行”。

当我让丈夫帮忙拉拉链时，发自内心地觉得结婚真好啊，甚至还把老师说的这句话当成笑话讲给丈夫听。

我第一次坐飞机去德国时，在飞机上忽然想起了老师。在英文写作课上，老师让我们写过以“未来的志向”为题的作文。

“十年时间如梦般过去了。我现在正坐在前往美国的飞机上。我现在是闻名世界的设计师。”

我在作文里这样写道。

我想起老师当时朗读了我的作文，还说：“这个班里谁会第一个坐飞机呢？大家加油吧。”

虽然没有成为闻名世界的设计师，但正好过去了十年，我坐在了飞机上。我忽然涌起一种想向老师报告自己坐过飞机了的冲动。

后来我生了孩子，仍然一直在工作。

有时，我会忽然想起老师。

老师结婚育儿，并且一直拥有一份职业。也许，我是想将老师和自己重叠，试图去共享她的那部分私生活。拥有一份职业这件事，在那个年代，比现在要困难得多。老师是如何度过那个时代的呢？

然而，我后来一直为自己的生活烦扰不堪。就这么过了三十年。

无意间，偶遇了高中时的朋友。

“光江老师也已经去世了。不久前我去见过她，将近八十岁了，精神还是很好。嗯，还在学习呢。她说学习这件事就是越学越难的。真了不起啊。不记得是聊到什么了，我问老师上了年纪之后什么才是自己的依靠，是家人还是朋友。然后老师立刻斩钉截铁地回答：‘是朋友。’语气相当坚定。”

“是因为有好到能让她说出这话的朋友吗？还是和家人相处得不顺心啊？”

“不知道啊。老师完全不提家里的事的。”

被婆婆看中了

“你瞧。”妙子张开胖乎乎的双手给我看。

“变黄了。因为吃橘子。到冬天就会变黄。脚底也是黄的。要看吗？”

妙子在桌子底下脱掉拖鞋，扭动着硕大的肥胖身躯，脱掉了袜子。

“瞧。”妙子把脚底摆到藏青色百褶裙的正中间。

扁扁宽宽的脚底，和手心的颜色一样。“我一晚上能吃四十个。不只是我，芳枝和房子也都是黄的，橘子山的人全是黄的。”“我还以为橘子山的人已经吃厌了，不吃橘子了呢。”“吃不厌的，因为太好吃了。”

妙子有种天真的气质，好像幼儿园的小女孩直接变成了高中生似的。她身体又大又胖，看上去很可爱。而且，只要妙子在，周围就会一下子变得明亮起来。

她说话总是说着说着就混入了笑声，让人分辨不出笑声和说的话。

被年轻的男老师点名时，她会收下巴，用那双大眼睛注视着对方，低声发出笑声。一开始，我以为她在谄媚，可是对英语老师那个年过五十的老姑娘也一样，一边甜笑着一边回答问题，就连给我看脚底时，她也是一样的表情。

早上，她扑通一声坐在我身边的座位上，同时将身体靠着我，用开心的声音笑着说："今天的便当是番薯。"一到午休时间，她马上兴冲冲地打开铝制的便当盒。那里面放着两个番薯。她把番薯掰成两半，一脸幸福地吃掉了。

我极力想忘掉战后粮食短缺时期常吃的番薯，所以只斜眼瞄了一下，结果她掰了一半番薯递到我眼前问："吃吗？""不要。我讨厌番薯。""这是我奶奶蒸的番薯，很好吃哦。为什么讨厌啊？奶奶变成这么小个了，我每天都会抱抱她。"

有一次，我们全班一起去樱花盛开的池塘边上玩儿。我有个癖好，一看到树就想爬，就爬上了开满樱花的树。

当时，妙子站在樱花树下抬头看着我笑，突然拍着双手，咯咯咯地笑着唱道："姑娘十八爬上树，下面看去花盛开。"

我大吃一惊。妙子的笑声，听起来就像在路边工地干活儿的男人，对走过的女孩子说着下流话时的笑声。可爱又胖乎乎的妙子跟谁学来的这种歌啊?

毕业时，妙子送了我一张在照相馆拍的肖像照。

爸爸看到说：“哎呀，真是可爱的孩子啊。肯定会成为好老婆的。”这话在我听来，感觉就像在讥讽我不够可爱似的。

我对高中生活毫无留恋也毫无感伤，头也不回地到东京去了。

第一个暑假，我回了家。

见了许久不见的妙子。妙子把见面的地点指定在镇上唯一一家老酒店的酒吧。

我从没进过酒店的酒吧，那里光线昏暗，让我很不安。妙子进来了，昏暗的酒吧入口忽然明亮了起来。

妙子好像一朵白色的硕大花朵。

她身穿一件缀满黑色波点的白色百褶连衣裙，脚上踩着高跟鞋。不仅如此，她还烫了一头美丽的卷发，涂着颜色鲜亮的口红。这个人原来这么美啊。“哎呀，妙子工作了，已经是社会人士了，我还是学生呢。明明不久前咱们还穿着相同的水手服来着。”我只洗了脸没化妆，身上穿着用水手服改的半裙，袜子从平跟的鞋子里露了出来。

妙子喝着用玻璃三角杯盛着的鸡尾酒，酒里还浮着柠檬。

“你经常来这种地方吗？”

即便化了妆，妙子看起来还是个天真烂漫的女孩子。妙子咯咯咯地笑了起来。她一点儿都没变。突然，妙子问我：“你觉得我是处女吗？”

我的大脑一片空白，完全无法思考。

“这种事，我怎么会知道。”

我从未思考过这种事，也从没想过要去思考这种事。

“课长给我买了个这样的小电风扇，为了让我化妆的时候不出汗。”

我心想，当课长的居然连这种事都得做，真是不容易啊。

“前不久，我去课长家住了一下。就是课长夫人因为盂兰盆节回娘家的时候。”

妙子咯咯咯地笑着说，表情和当年带番薯便当来学校时一样。我当时想，她肯定是去夫人不在的课长家打扫卫生去了，工作后竟然连这种事都得做，真是不容易啊。

“我决定从今年开始不吃橘子了。”

妙子把两只手放在一起，翘着手指说。她做了美甲，指甲是漂亮的粉红色。

自那之后，过了多年，我参加了一次同学会。

当时我已经大学毕业，也结婚了。

妙子穿着和服，成了一个稳重文静的少奶奶。她嫁进了镇上有名的老牌商人世家。

“你是相亲结婚的吗？”

“就十九岁的时候嘛。一不留神被婆婆看中了。现在孩子都生两个了。”

“你跟婆婆住在一起吗？”

“我婆婆非常疼我哦。”

妙子咯咯咯地笑了。她还是一点儿都没变。幸福的少奶奶。只要有妙子在，家里就会一下子明亮起来吧。我不是很懂，只看见妙子从看上去高级昂贵的和服袖子里伸出的手上，戴着一枚镶嵌着我叫不上名字的硕大蓝色宝石的戒指。

妙子靠在我身上，在我耳边轻声说：“你觉得我和课长还在一起吗？”

原来多年前身穿白色连衣裙的妙子说的是这么回事啊！

“还在一起哦。”妙子嘻嘻嘻地笑着说。四周一下子明亮了起来。

要是没问题的话

来了一通久违的电话。

“喂，过得还好吗？嘻嘻。”你老公的语气就和平时一样。

“我还好，你怎么样？”我例行公事地寒暄道。心想对方肯定一切无恙，寒暄语真是没用。

“我很好。我是很好，但是能子住院了，嘻嘻。”

“什么时候？”“啊，昨天。”“为什么？”

我连袜子都没穿，抓起挂在玄关处的大衣就上了车。

我很佩服你老公不管在怎样的重大时刻都能嘻嘻地笑。听到他嘻嘻的笑声，我真的很安心。

我一边听着嘻嘻的笑声，一边心想“这下糟糕了，这下糟糕了”，手脚都发软了。

我一边开着车在高速公路上飞奔一边想：万一你死了怎么办啊？眼泪哗啦啦地流了出来。我们从十九岁时认识至今。仔细想想，你在身边这件事，对我而言已经是理所当然的了。哪怕我们之间的友谊并不特别深。

你的孩子出生时，我去探望，顺便帮忙干些活儿。结果把外卖寿司整个打翻，全洒在了你的枕头边上，我一个个捡起来，重新排列好，吃掉了脏掉的寿司。

我们带孩子去了海边。你那四岁的儿子，带了图鉴去海边，看见什么都要查一下。“你打算怎么办？你儿子这么有知识分子范儿。”当时，我们孩子的未来是闪闪发光的梦。

我儿子叉着腿直挺挺地站在报纸上，一看他的脚底，正踩着黑川纪章的照片。“喂、喂，我们家儿子会成为把黑川纪章踩在脚下的建筑师哦。”

我专程打电话向你报告，和你一起哈哈大笑。虽然赚不到什么钱，但我们俩都没放弃工作。我们觉得这是理所当然的。

你家里有两台巨大的织布机。我们全家一起去你家住的时候，阁楼的卧室必须得弯腰才进得去门。我们让孩子住在儿童房，两对夫妇则像穿成串的沙丁鱼一样地睡。

你那四岁时看图鉴的儿子成为高中生后，开始拽起了理论。我们三个大人被他不停追问卖淫哪里不好，为什么孩子不能发生性行为，全都被问得不知所措，一直耗到深夜两点。有人提议该睡觉了，立马被他痛斥道：“卑鄙的家伙，想逃吗？”

我们家几乎崩溃了。

我出差回来时，家中的茶室里，你们夫妇、美智子，和我老公围坐在圆桌前，个个都哭丧着脸。当时，如果不是你们哭丧着脸聚在一起，事态肯定会更加糟糕。美智子虽然嘴上说：“你给我适可而止一点啊。”但你和美智子却在我不知道的时候，一直隐秘地做着各种事情。后来，我儿子就开始叛逆了。

我经常哭着给你打电话。当时，你也在玄关处铺了被褥，等着半夜跑出家门的小儿子回来。

这个儿子也在不知不觉间长成了一个清爽的少年。你儿子笑着说：“回到家要跨过玄关处的老妈，才能上二楼，真是麻烦。”当时的你大概都担心糊涂了吧，但咱们当时已经完全顾不了其他了，只觉得未来的一切都难以预测。你从未否定过儿子，从来都对他支持到底。而且，你也从不否定我和我儿子。为了听到那句“要是没问题的话”，我给你打了电话。然后就真的都没问题了。你打算在商场开第二家店。

我直到许久以后，才知道你当时熬夜之后时常晕倒。

当我飞奔到医院时，你很平静，还在担心店的情况。

啊，没问题了，稍微休息一下应该就会康复了。我当时那么想。结果第二天，你就被接上了人工呼吸机，几乎无法动弹了。那是我第一次听说的病名。

已经过去四个月了，情况时好时坏，你仍然卧病在床。

那个深夜从你身上跨过去的儿子正在帮你剪指甲。那个大喊“卑鄙的家伙，想逃吗？”的儿子，现在都是从医院直接去学校上课。夜深之后去你的病房，就会看到你那总是嘻嘻地笑的老公正借着电灯昏暗的橘黄色光线读书。

而你在旁边的床上，安静地睡着，就像夏尔丹的静物画一样。

我只要想到你在讲谈社后面的小巷里就觉得安心。

只要去那儿就能见到你，叫我安心。

安心到什么地步呢？安心到我竟然二十多年都没注意到

这一点。

一想到入院费，就让人要晕倒。我们把“没钱啊”当成口号，一直精力充沛地工作至今。

你老公和儿子查了下店的资金状况，大吃一惊。两人都嘻嘻嘻地笑了。

“储蓄最重要啊。”有人这么说。“工作到生病，真是愚蠢啊。”也有人这么说。

我不觉得工作到生病愚蠢。我和美智子都觉得拼命工作的你挺好的。

辛苦也好，贫穷也好，我只希望你在。只因为你在，我们才活了下来。最困难的时候，拯救我的并不是储蓄，而是在你家床上你对我说的那句：“要是没问题的话……”

或许，美智子也好，我也好，你也好，都没有什么特别惊人的人生成就。我们只是极其平凡地活着，做着普通的事。是“要是没问题的话”让我们活了下来，而不是一千万、一个亿的存款。

我想，这个冒失、固执、任性的我，对你们来说也是只要还在就好。如果我丢下你、美智子和朋子，在多摩的樱花树枝上上吊，跟你们就此永别，你肯定会很困扰。为了守护重要的老公和儿子，在外面，你需要愚笨、说话刻薄的我们。要是纯情又直率乐观，偶尔很可靠，不擅长算钱的你不在了，我会很困扰的。为了可怜的我、美智子和朋子，请你加油，一定要好起来。

附　录

相信人的人

酒井顺子

在本书中登场的人物，除了筱山纪信先生外，都不是什么特别有名或伟大的人。可是，这些市井之人说的话、做的事都是多么有趣啊！

大概每个和佐野女士相识相交的人，都会不由自主地在她面前展现自己最深处的东西吧。即便不是特别的人物，也都有各自独特的味道和妙趣。

那么，为什么会如此呢？我想，可能是因为佐野女士对人完全信任吧。比如《不过没关系》中的直美，正是因为这份来自自己喜欢的男孩的母亲佐野女士的信赖，才让她展露出天真无邪的感情。看着这样的直美，佐野女士心想："唉，怎么可以用这么亲昵的眼神看我呢？"虽然不久后直美转学了，后来成了不良少女，但佐野女士还是喜欢她。直美长大成人后，大概也会偶尔想起佐野女士吧。

在《为了美空云雀》这篇中，佐野女士写了自己被一看就很可疑的房产中介欺骗，损失了一笔巨款的经历。明明事态非常严重，但对于房产中介诉说的与美空云雀的“罗曼史”，佐野女士是直到最后都仍旧相信的。

另外，在《可不能杀人啊》里，对于电车里的那位看起来像黑社会的男人，大家都不愿意扯上关系，佐野女士却不知不觉就扯上了关系。

“小姐，可不能杀人啊。”

当对方这么对她说时，她没有无视，而是问道：“大叔，您还干过那种事呀？”

她不以对方的外表和背景判断人，只是单纯地看到眼前这个人“是人”这件事，佐野女士就是如此为人处世的。这份信赖传达到对方心中，心里的按钮被按动，触发了有趣的言语和行为。

即便对方的“现在”无法信任，佐野女士也选择相信“未来”。因此，面对少年时代叛逆的儿子，她也一直信任着、养育着。别人的孩子在年幼时表现得再怎么古怪、别扭，她也从不抛弃。

他们终究也会成长为出色的年轻人，但孩提时曾被人信任的记忆，即便是在成年后，也会一直留在他们心中吧。

本书中，有好几个重逢的故事。佐野女士时隔多年重逢的友人、熟人们，都成了出色的中年人、老年人。记录重逢的人们幸福的模样，简直就像在津津有味地品尝成熟的水果。佐野女士相信时间的流逝。

然而，相信某个人或某些事物，其实是十分困难的。当下的J-POP（日本流行音乐）里频繁出现“相信的力量”“相信对方的心情很重要”之类的歌词，但我总觉得这不过是在对“相信”的意思一知半解的情况下，把它作为一个好听的词语滥用罢了。

相信人的才能，只有从“不想吃亏”“不想输”这类自我保护的想法中解放、获得自由之后才能产生。佐野女士在这方面，也许是有天赋的。我每次读佐野女士的随笔，都觉得“绝对无法模仿”，这大概是因为我是那种不由自主地想要爱护自己的人吧。

相信他人，却不太相信自己，这是佐野女士的有趣之处。她总是以嘲讽的眼光看待自己，甚至怀疑自己，却毫无防备地相信着他人。对于这种落差，我们不禁微笑、感动，佐野女士的文章，与那些轻浮地说着“相信自己”的歌词相比，简直就是对立的两极。

最后一篇《要是没问题的话》，写一位病倒的朋友。是那位朋友口中的“要是没问题的话”，“而不是一千万、一个亿的存款”让我们活了下来。

然后还有：“我只要想到你在讲谈社后面的小巷里就觉得安心。”

比一亿日元存款更重要的，是友人的一句话。能够相信眼所不能见之事的佐野女士的话语，对我而言也是千金不换的宝藏，佐野女士的书，也是“只要想到在书架上就觉得安心”的存在。

（酒井顺子为随笔作家）

1986年3月，冬芽社出版本书单行本。1996年12月，新潮文库将其更名为*Love Is the Best*，增加了这篇解说。

图书在版编目（CIP）数据

不过没关系 / (日) 佐野洋子著 ; 清泉浅井 , 马文赫译 . -- 福州 : 海峡文艺出版社 , 2021.7
（佐野洋子作品集）
ISBN 978-7-5550-2608-2

Ⅰ . ①不… Ⅱ . ①佐… ②清… ③马… Ⅲ . ①散文集—日本—现代 Ⅳ . ①I313.65

中国版本图书馆 CIP 数据核字 (2021) 第 067008 号

著作权合同登记号：图字 13-2021-012

不过没关系
〔日〕佐野洋子 著；清泉浅井 马文赫 译

出 版：海峡文艺出版社
出 版 人：林滨
责任编辑：蓝铃松
编辑助理：张琳琳
地 址：福州市东水路 76 号 14 层 邮编 350001
电 话：(0591) 87536797（发行部）
发 行：未读（天津）文化传媒有限公司

选题策划：联合天际 · 文艺生活工作室
特约编辑：张雪婷
装帧设计：compus · 汐和
美术编辑：程 阁
封面绘图：佐野洋子

印 刷：三河市冀华印务有限公司
经 销：新华书店
开 本：787 毫米 ×1092 毫米 1/32
印 张：5
字 数：87 千字
版次印次：2021 年 7 月第 1 版 2021 年 7 月第 1 次印刷
书 号：ISBN 978-7-5550-2608-2
定 价：45.00 元

未読 DR 文艺家

关注未读好书

未读 CLUB
会员服务平台

本书若有质量问题，请与本公司图书销售中心联系调换
电话：(010) 52435752